SBB

SWASTICK BOOK BOX

MASON OF WINNERS



# हिन्दी सुलेख
## अभ्यास पुस्तिका
## क ख ग (पेंसिल कंट्रोल सहित)

बच्चों के लिए उत्कृष्ट हिन्दी सुलेख अभ्यास पुस्तिका

प्रीति गर्ग
द्वारा रचित

# *Standing lines*

FORMATION

# *Trace the standing lines with a pencil*

# *Draw the standing lines by joining dots*

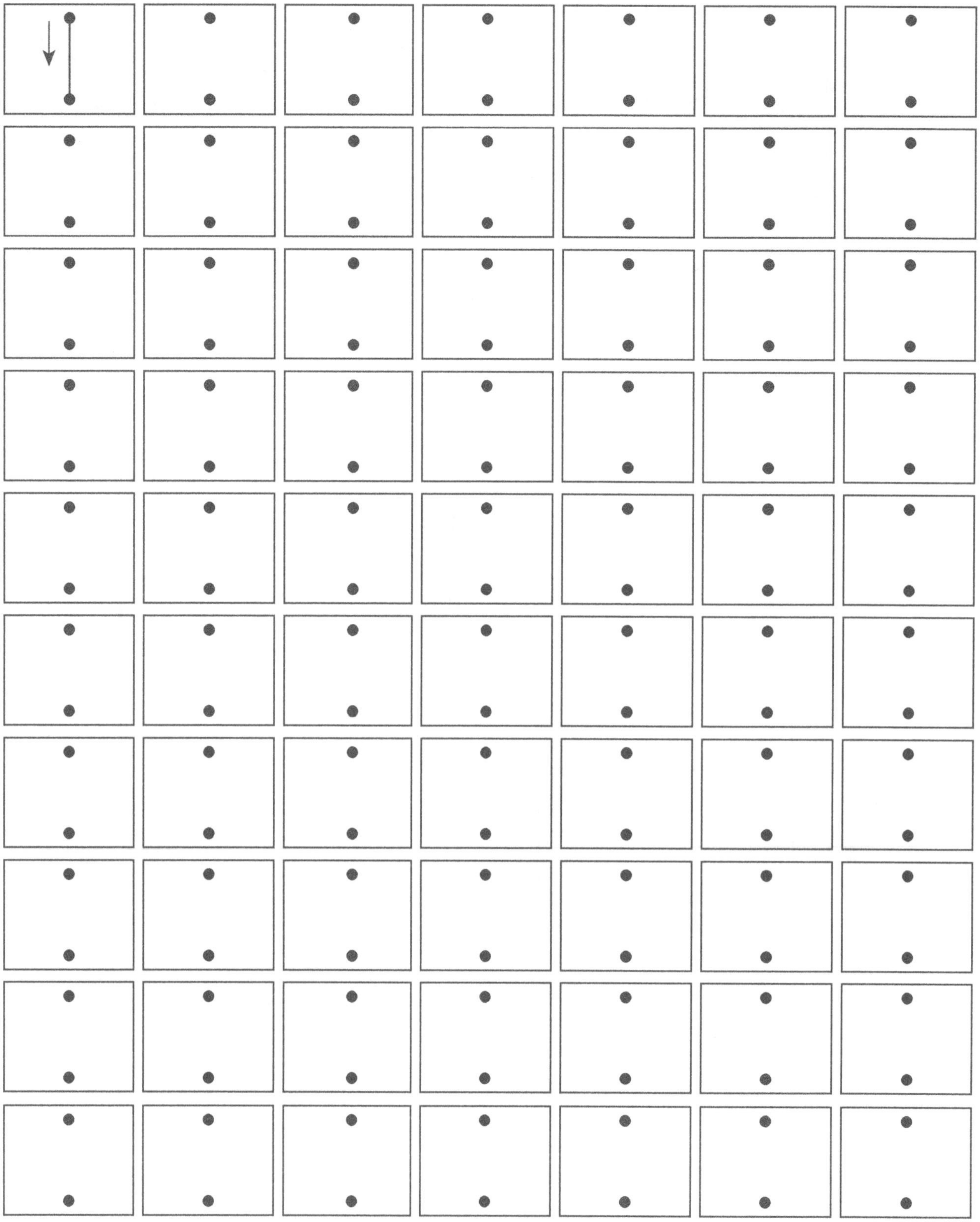

# *Sleeping lines*

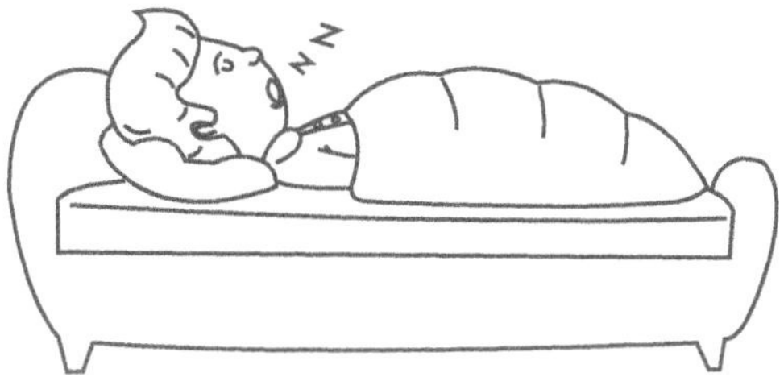

FORMATION

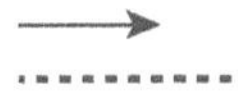

# *Trace the sleeping lines with a pencil*

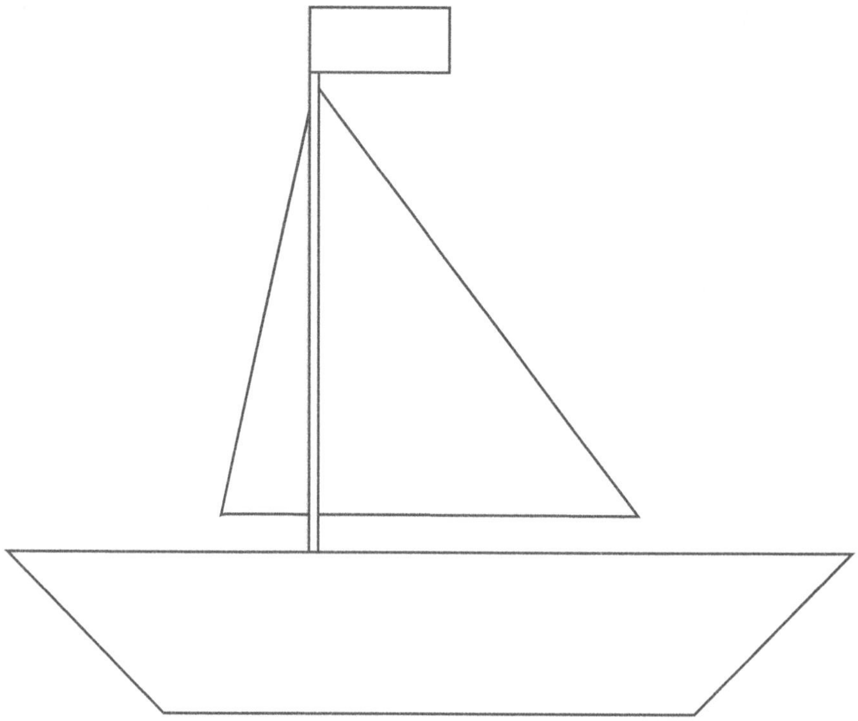

# *Draw the sleeping lines by joining dots*

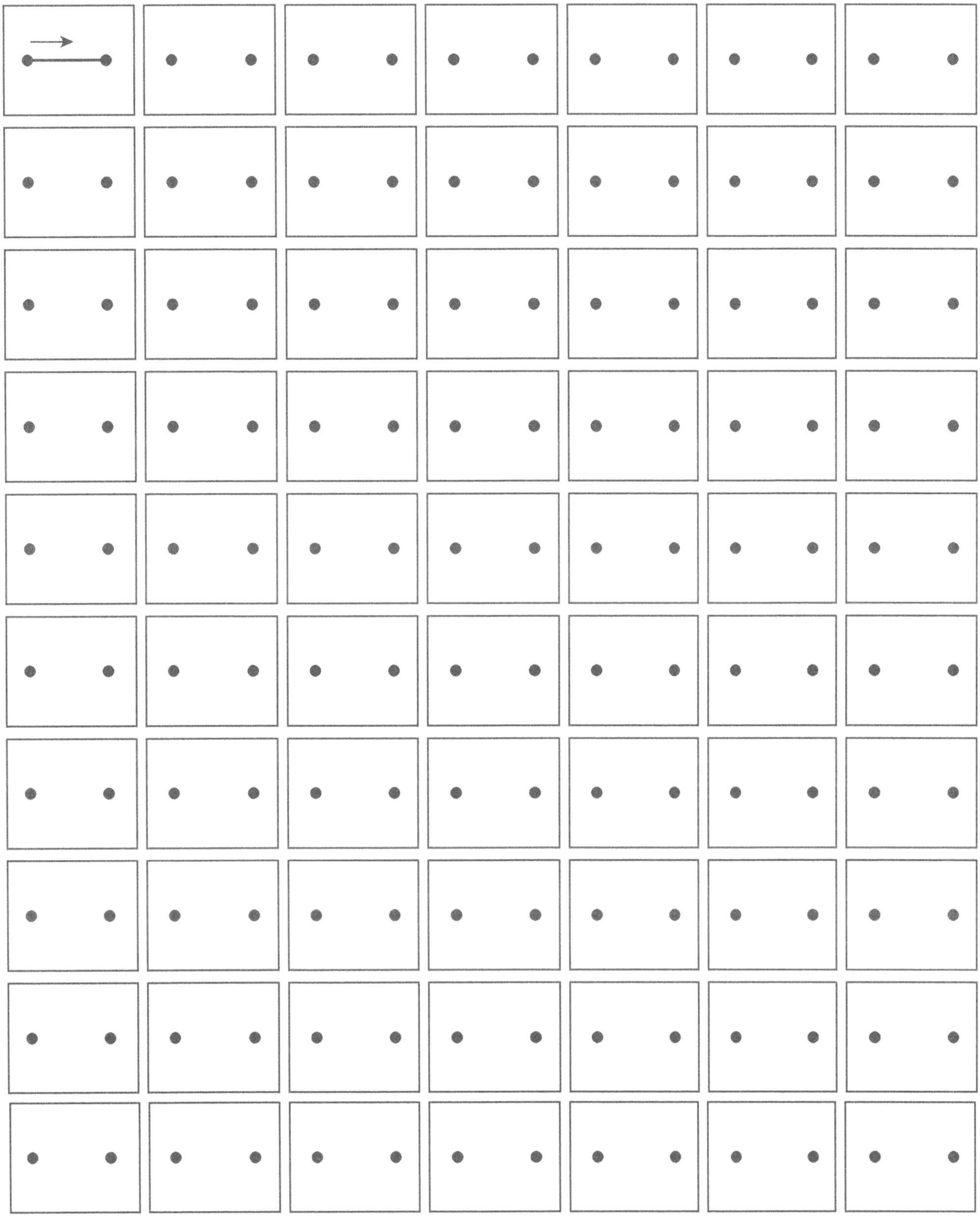

# Fence

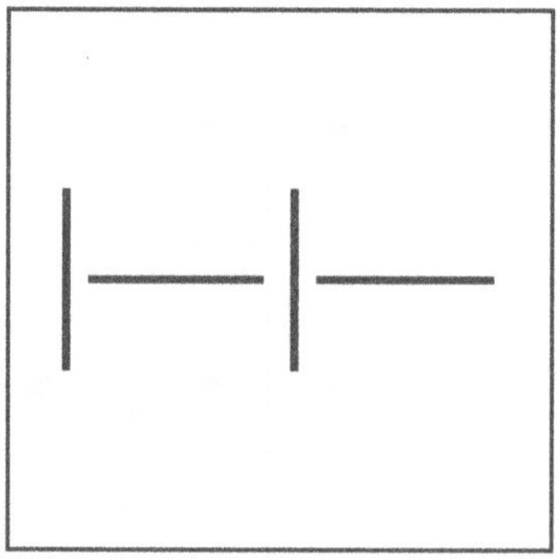

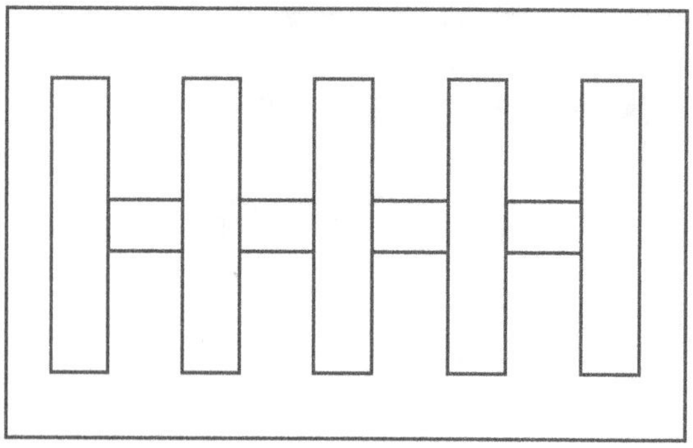

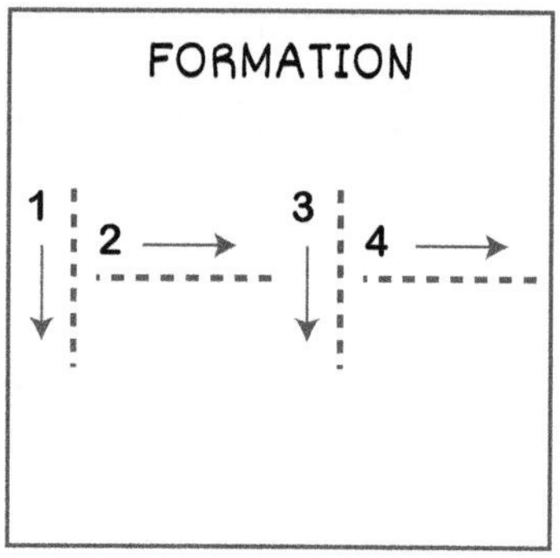


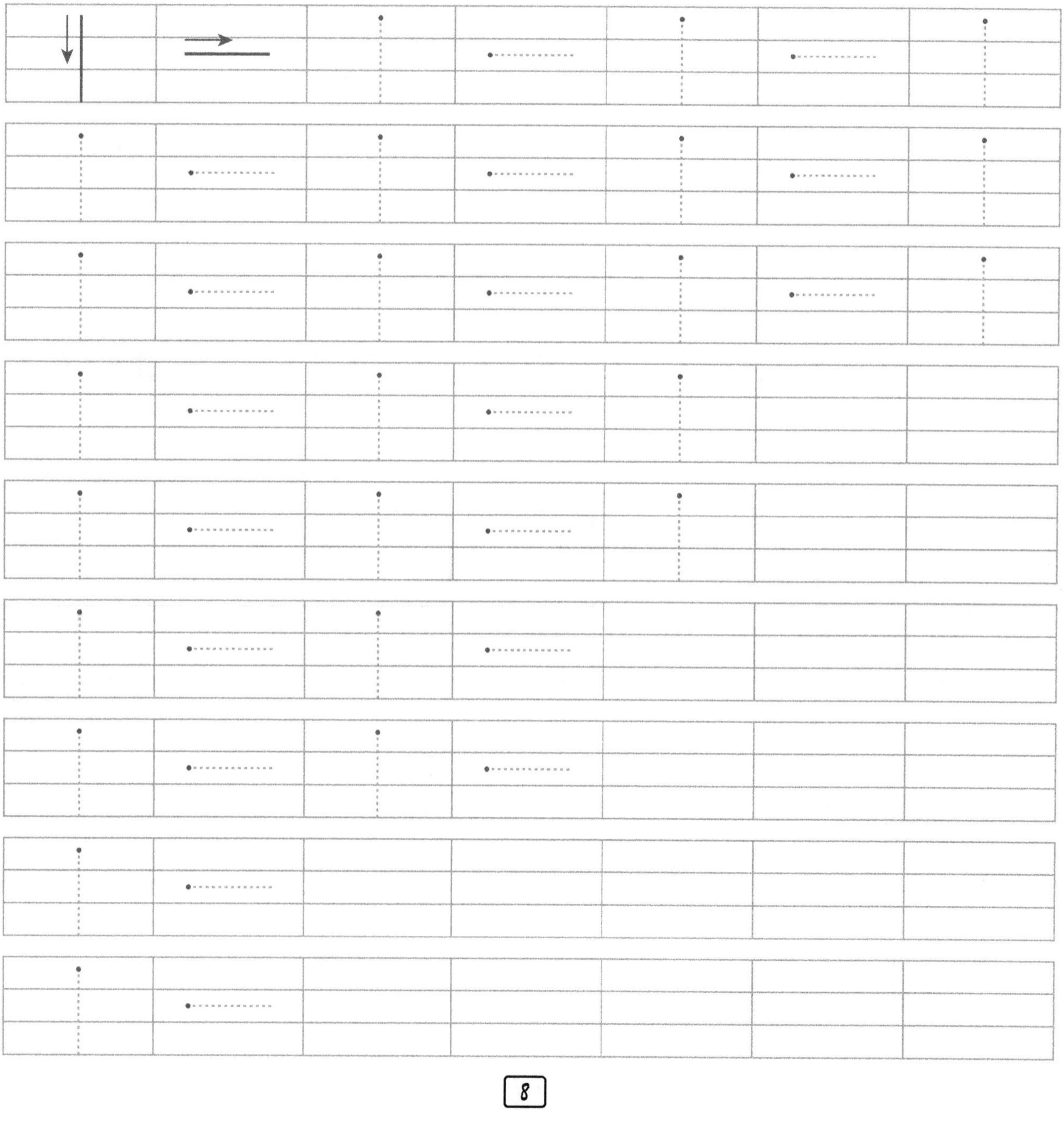

# *Trace the fence pattern with a pencil*

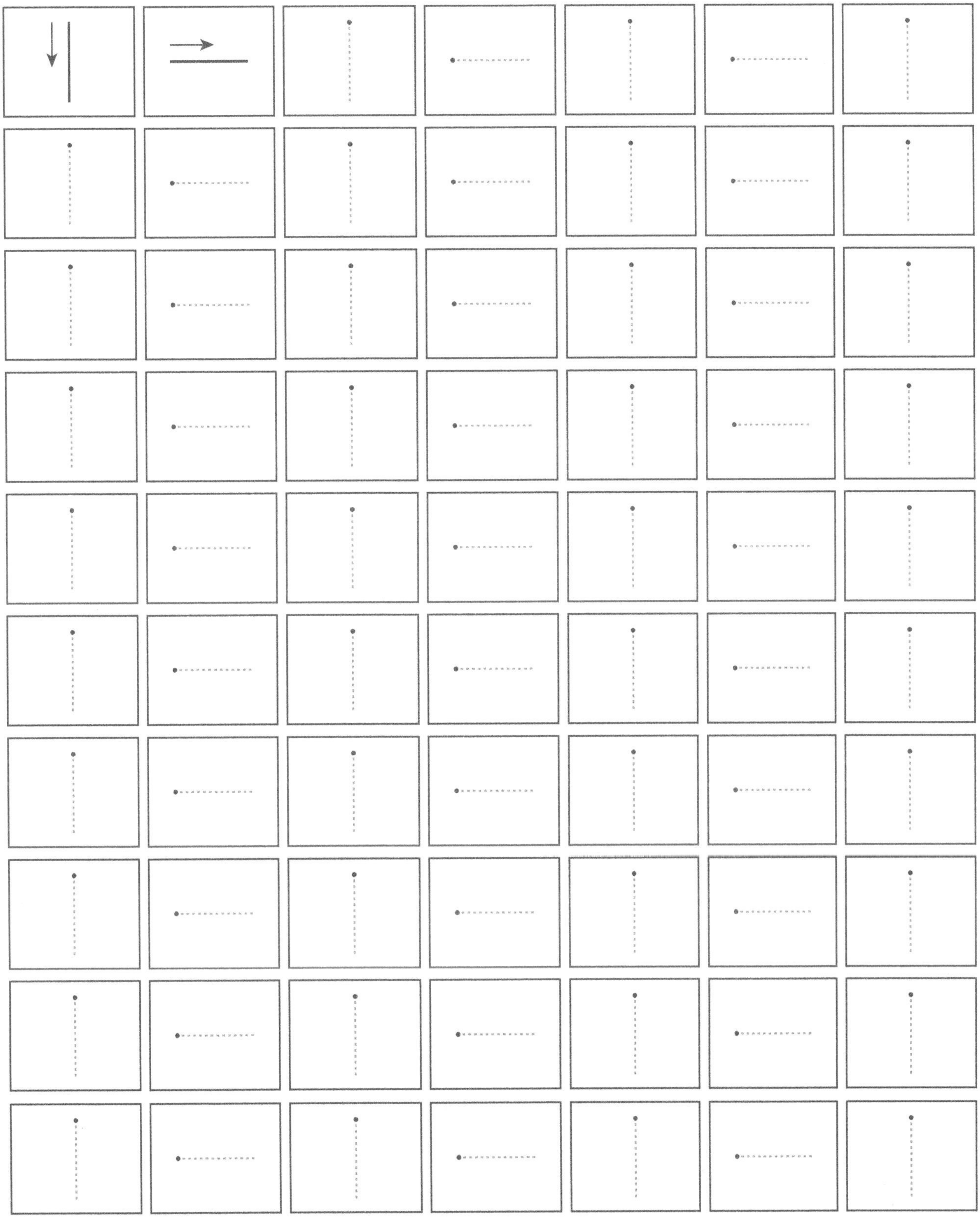

# Brick wall

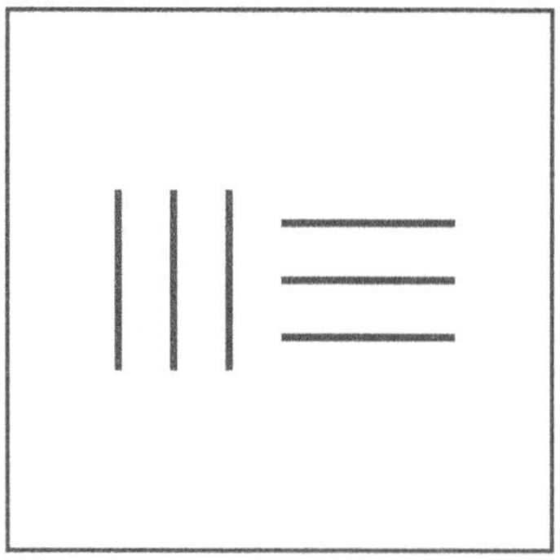

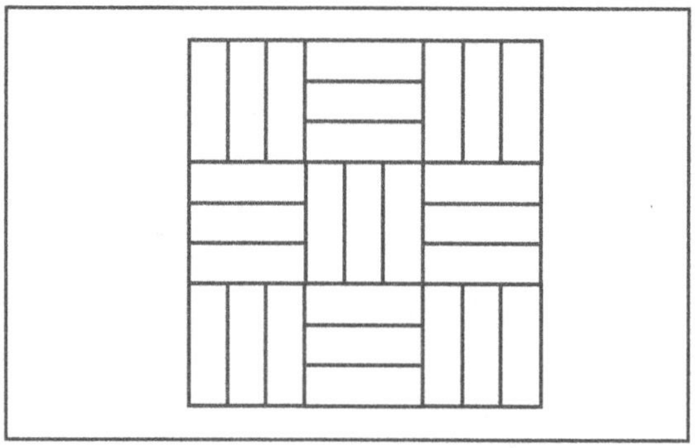

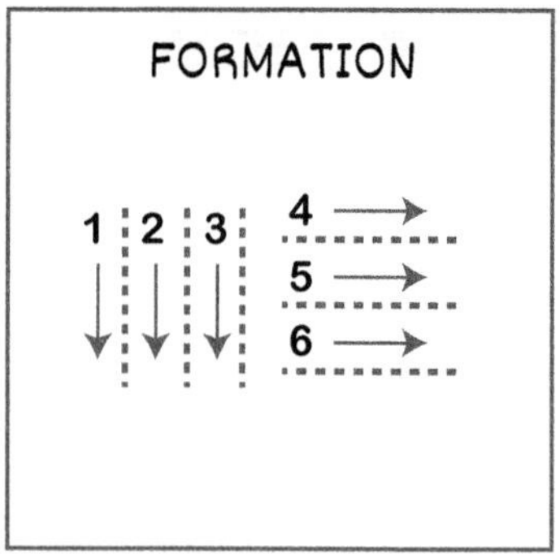


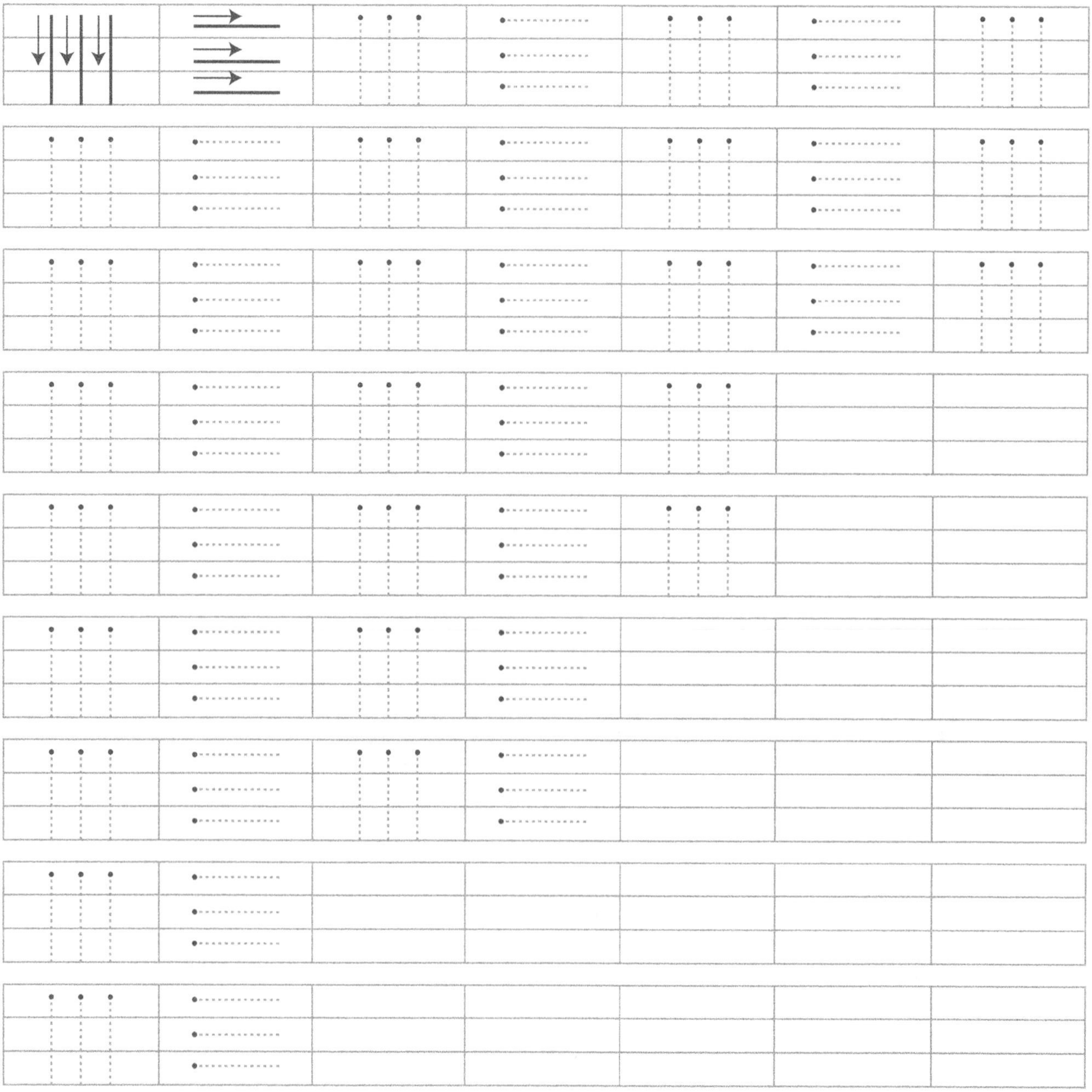

# *Trace the brick wall pattern with a pencil*

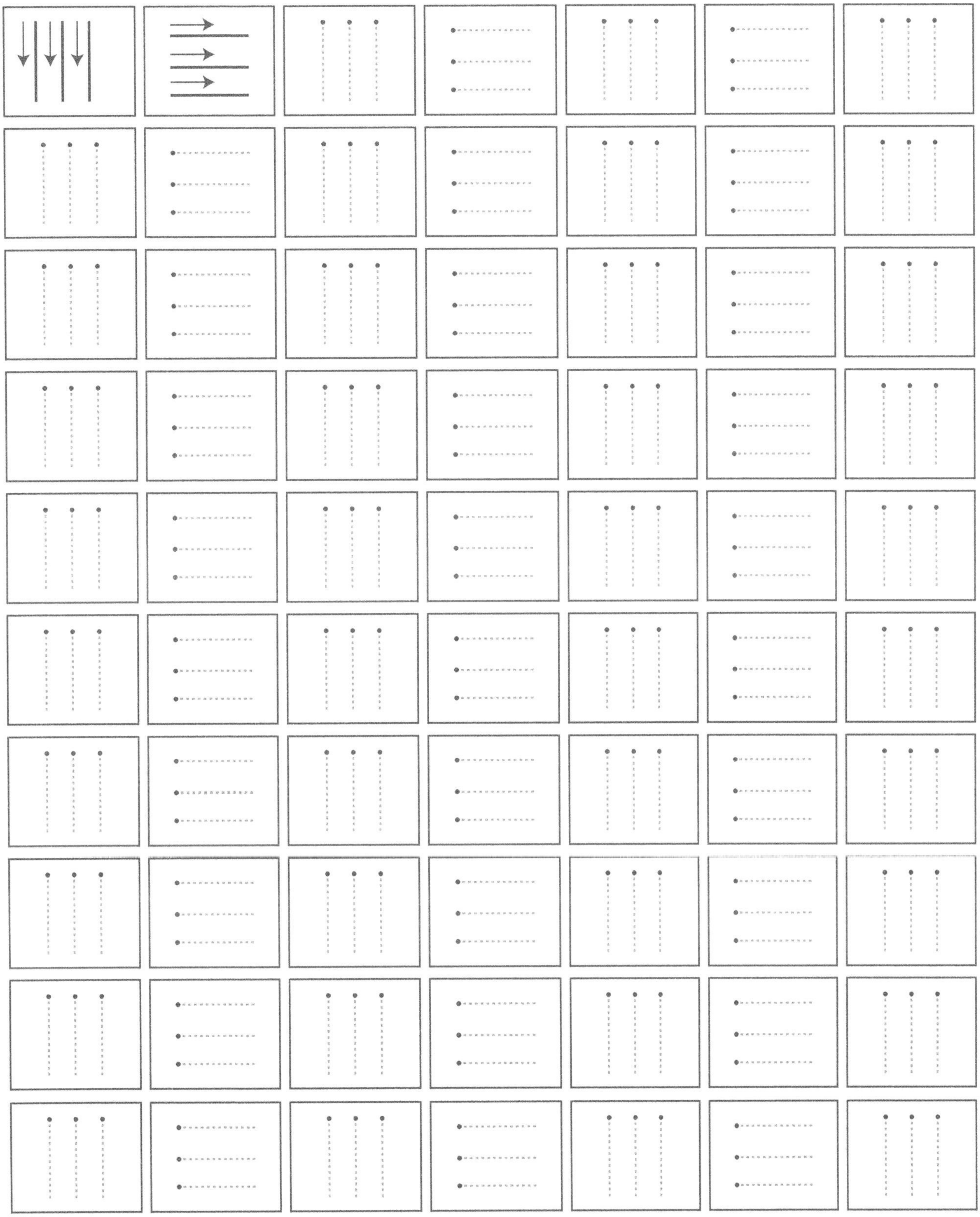

# *Trace the dots to make sleeping and standing lines pattern together*

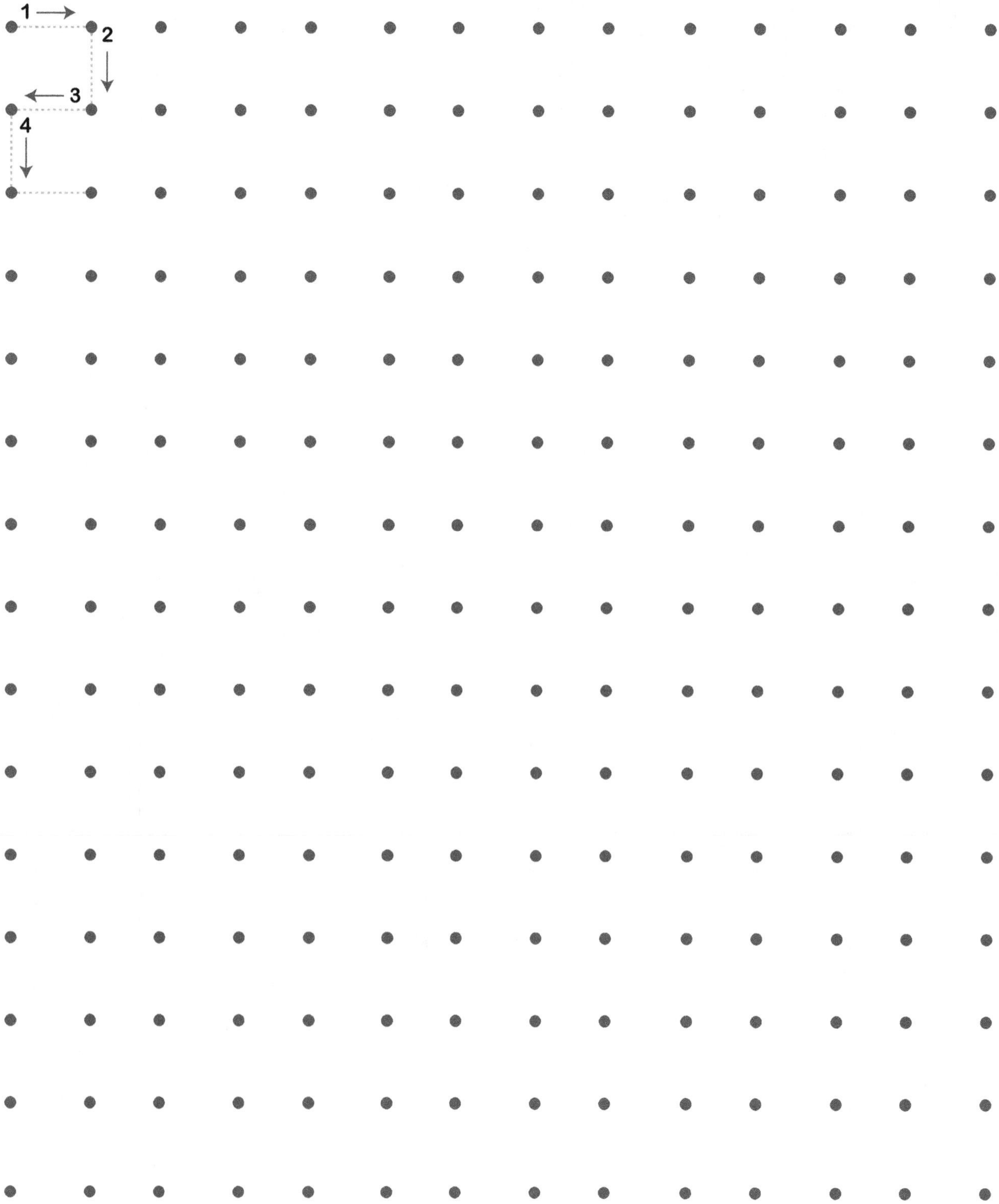

# *Slanting lines down to up*

FORMATION

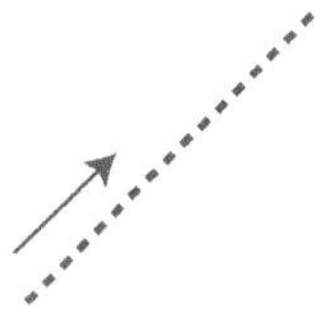

# *Trace the slanting lines with pencil*

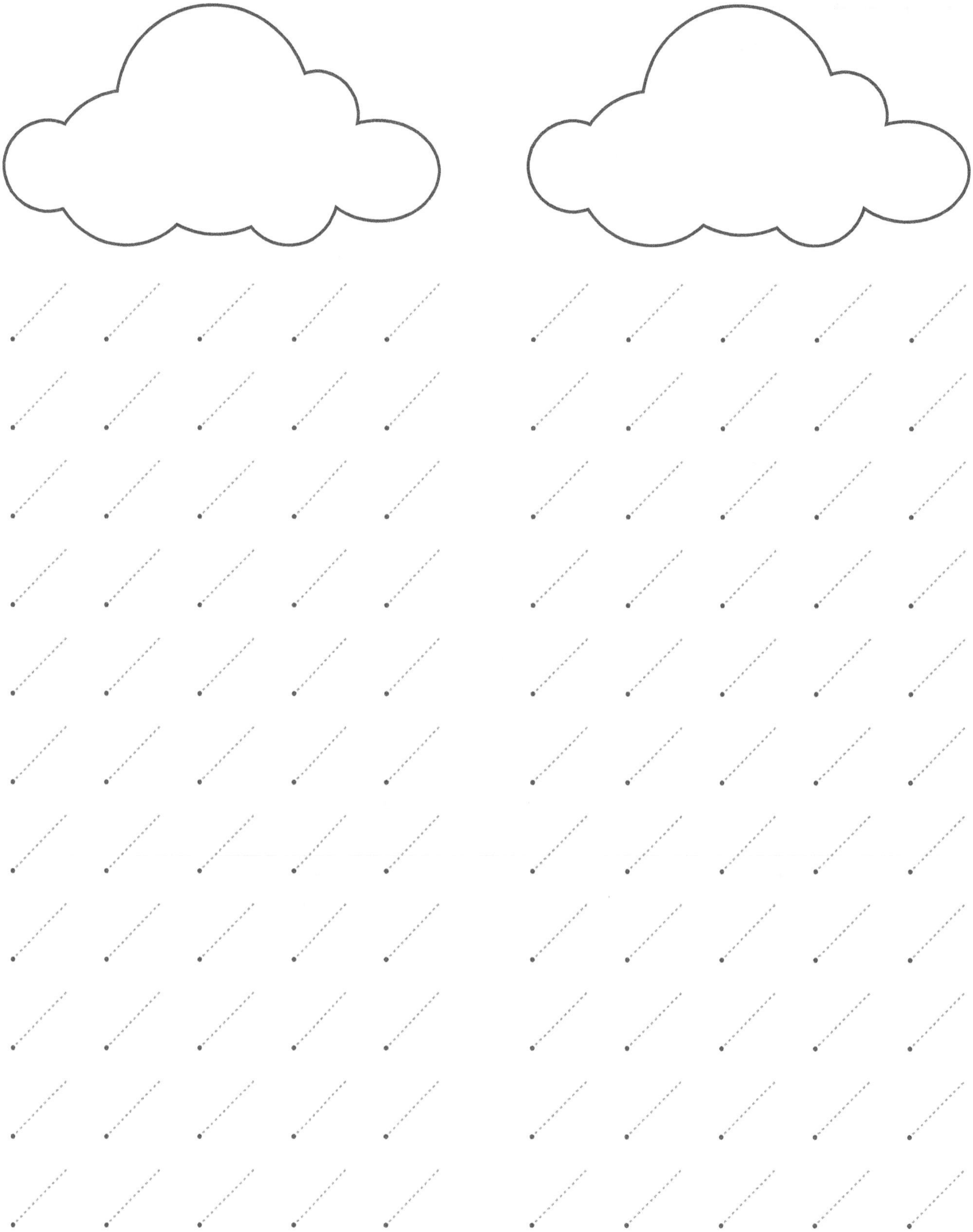

# Draw the slanting lines by joining dots

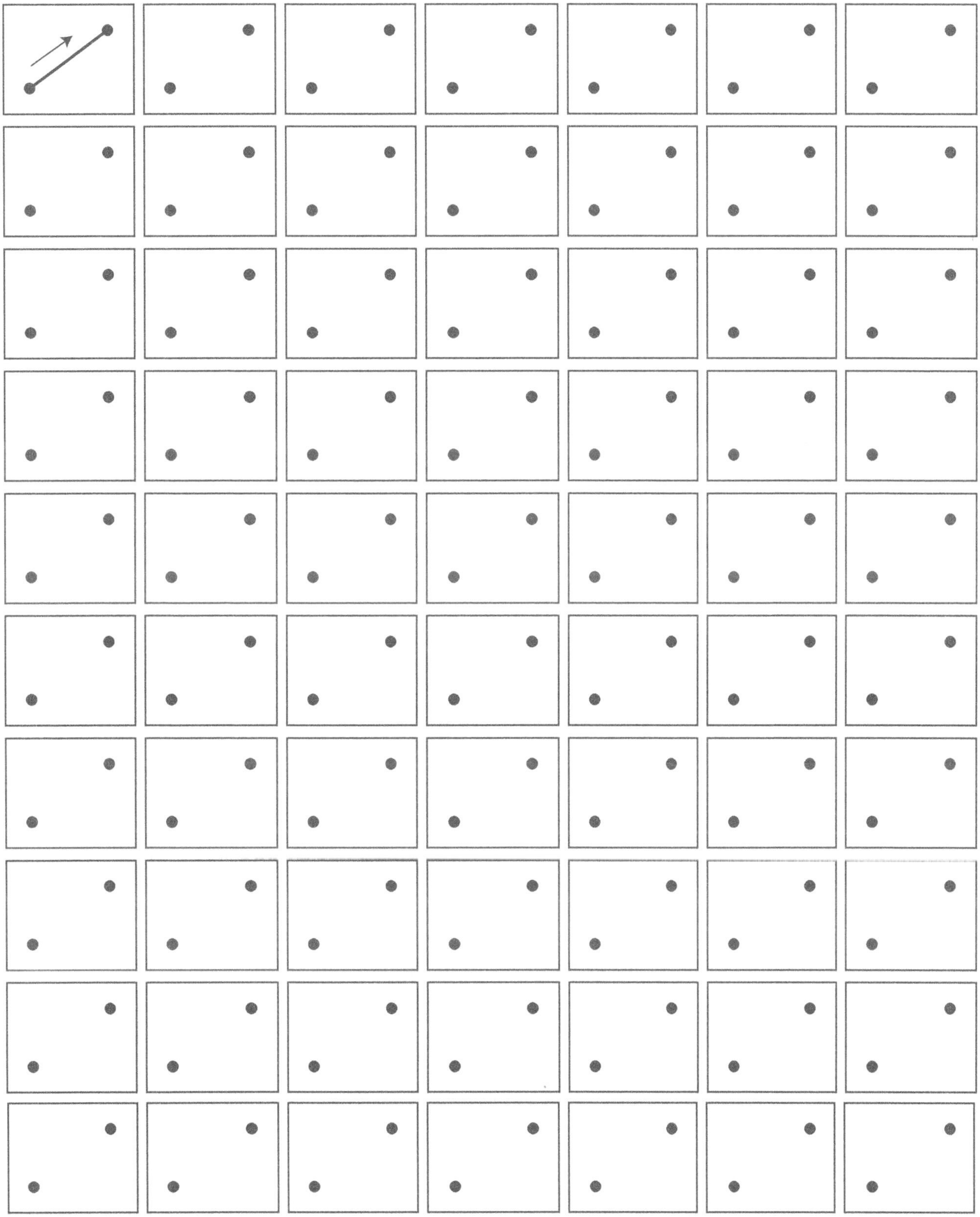

# *Slanting lines up to down*

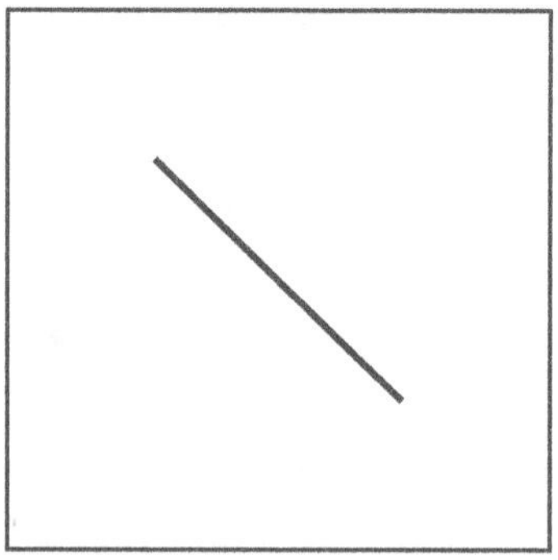

FORMATION

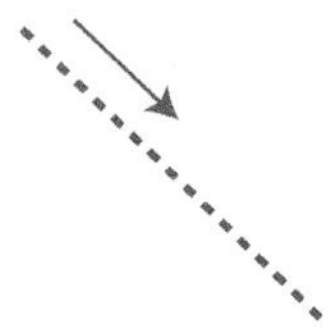

# *Trace the slanting lines with pencil*

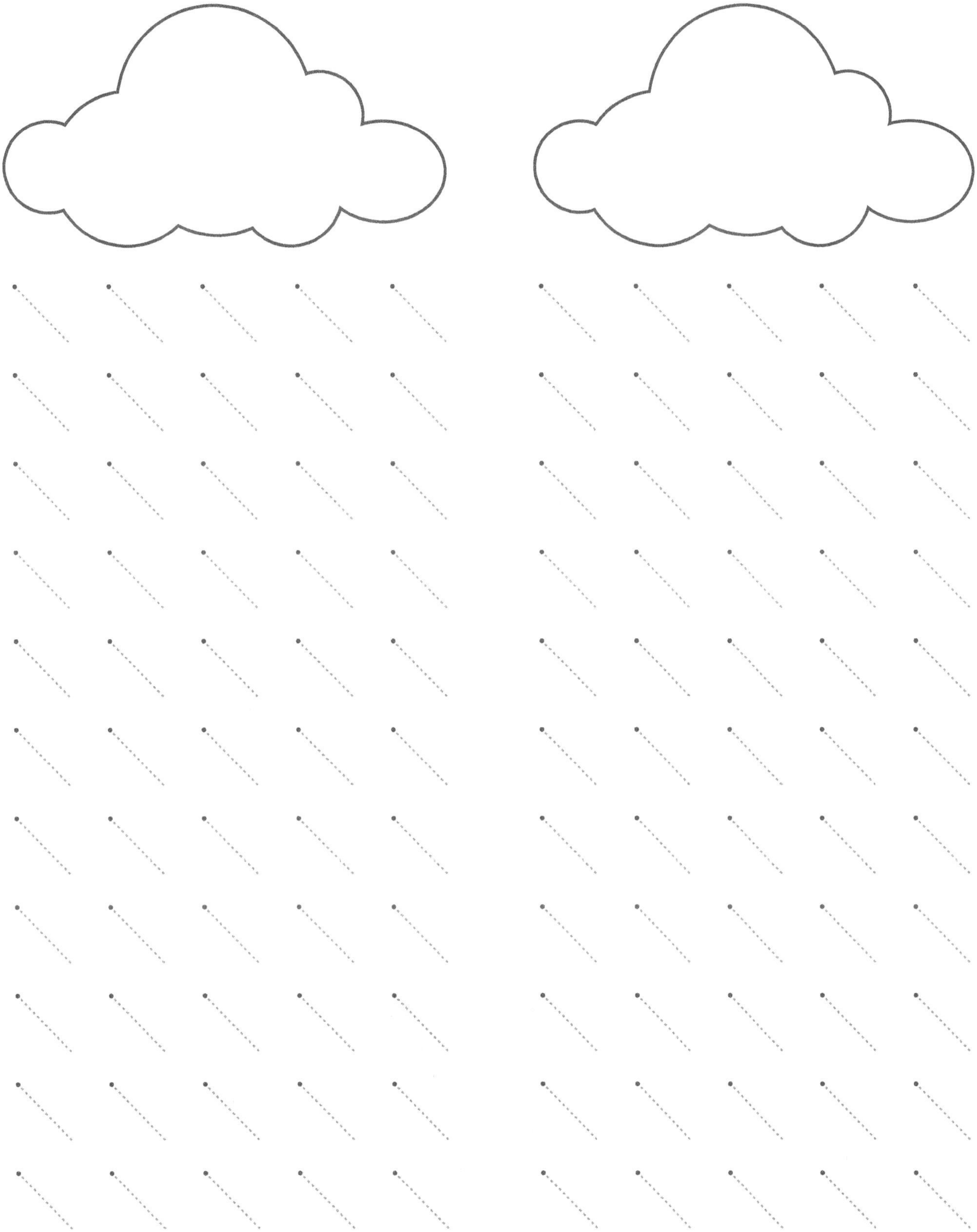

# *Draw the slanting lines by joining dots*

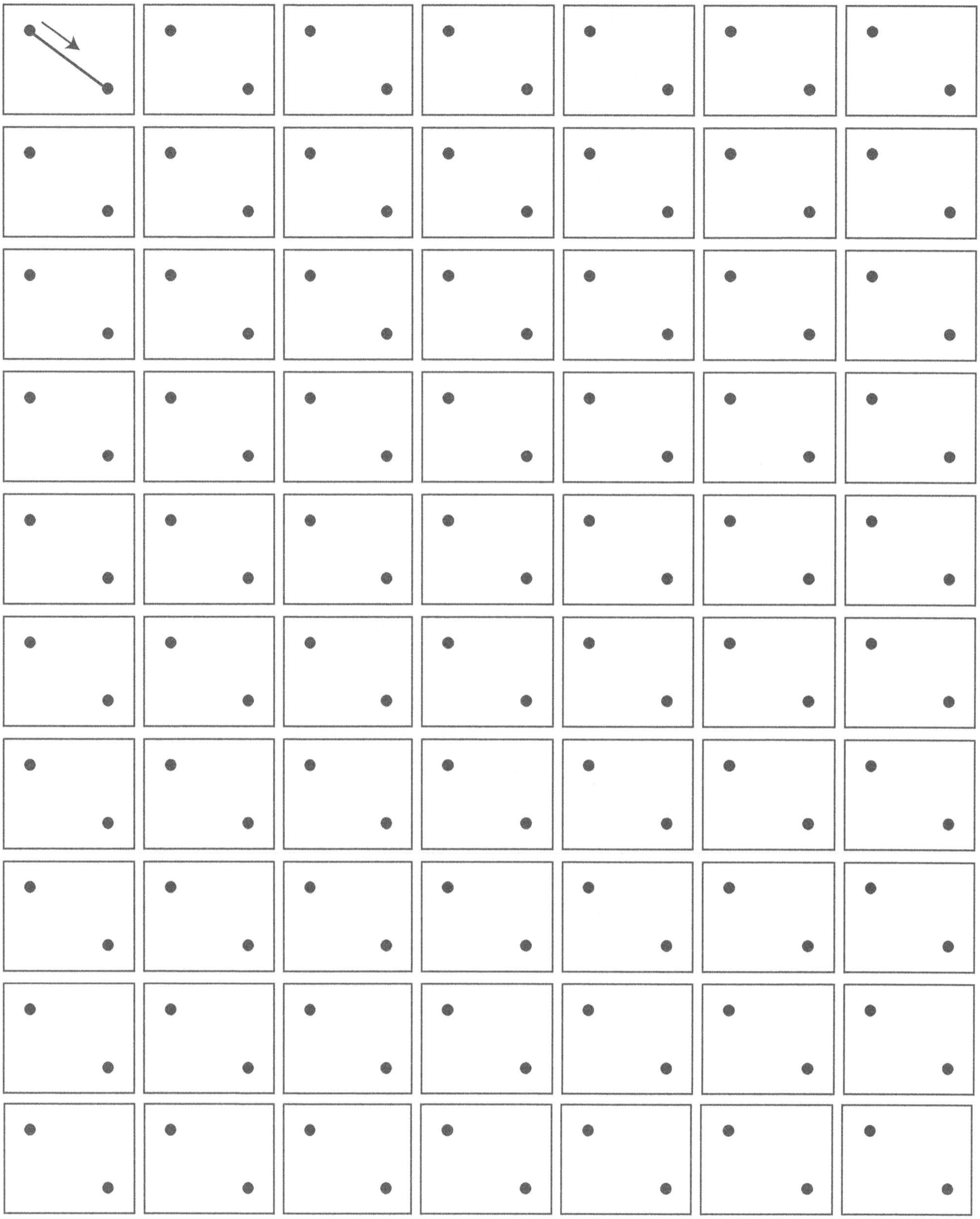

# *Up and down strokes*

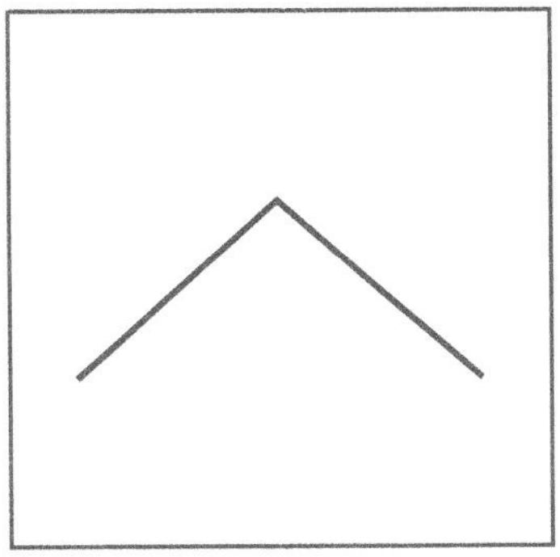

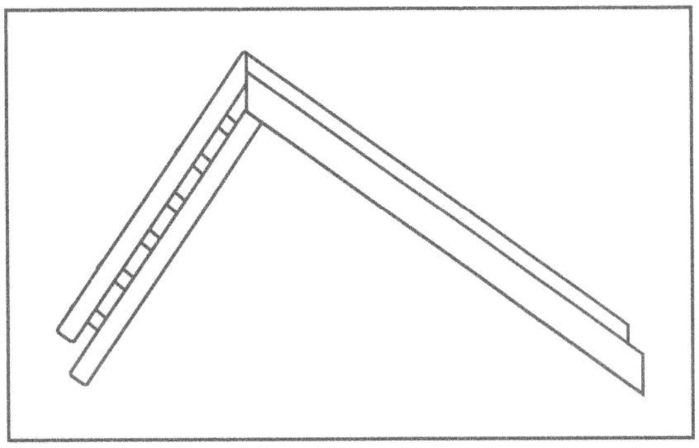

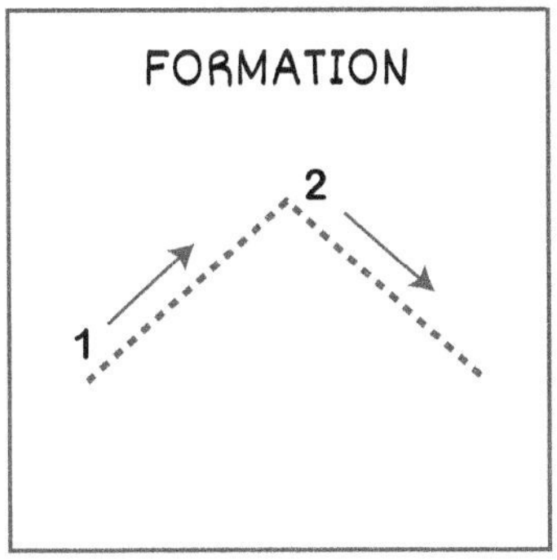


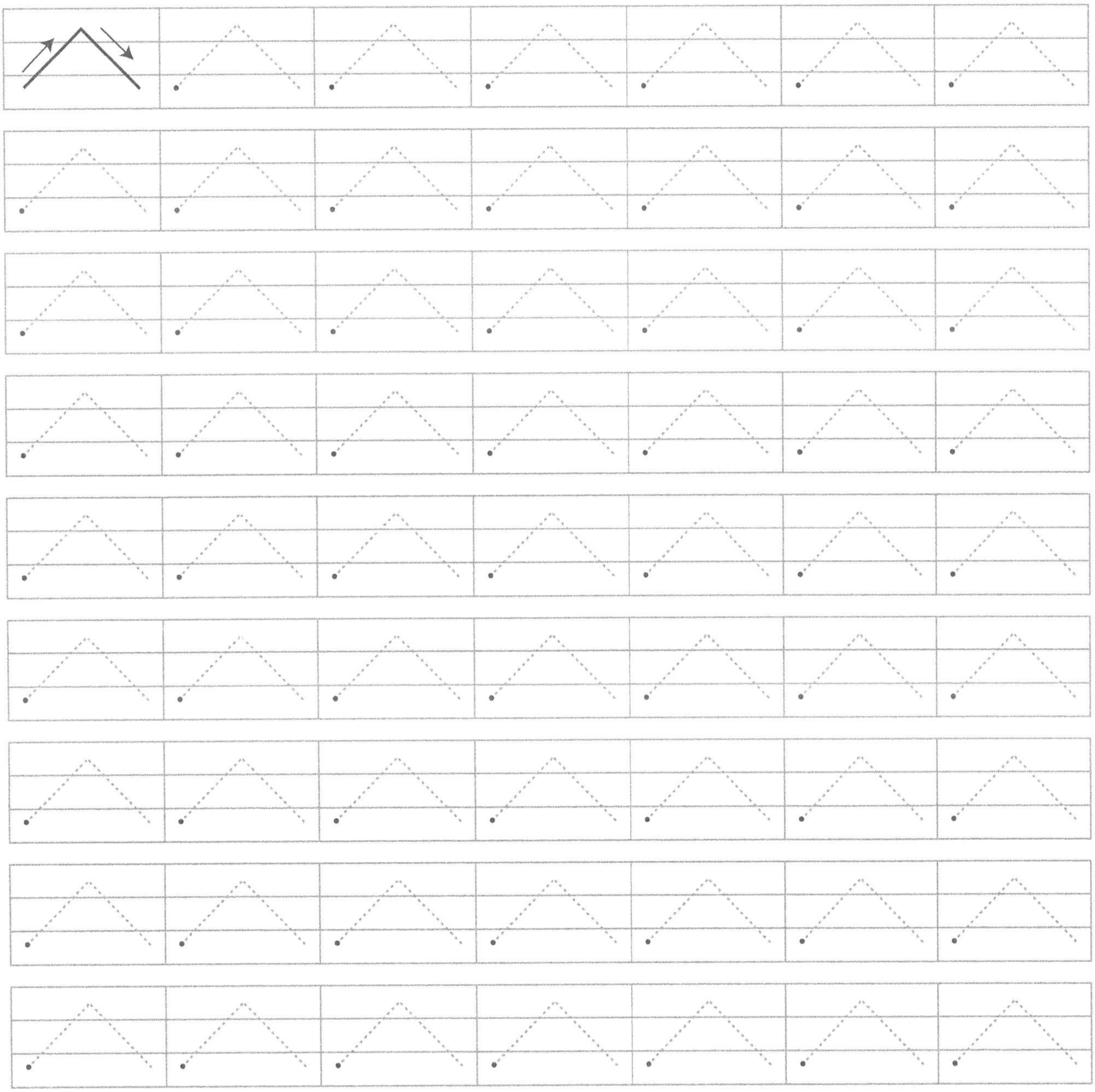

# *Trace up and down strokes with pencil*

# *Down and up strokes*

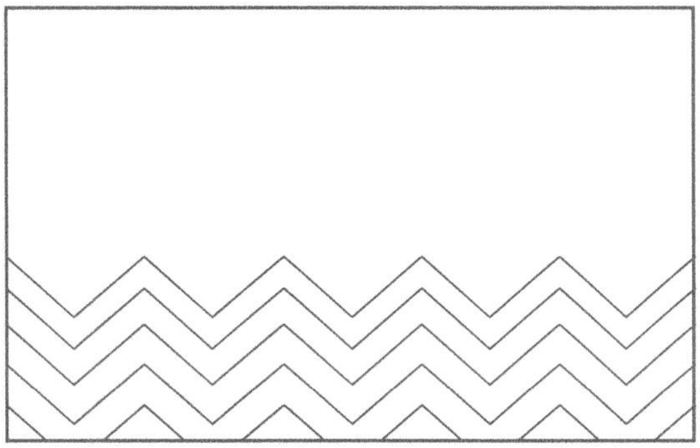

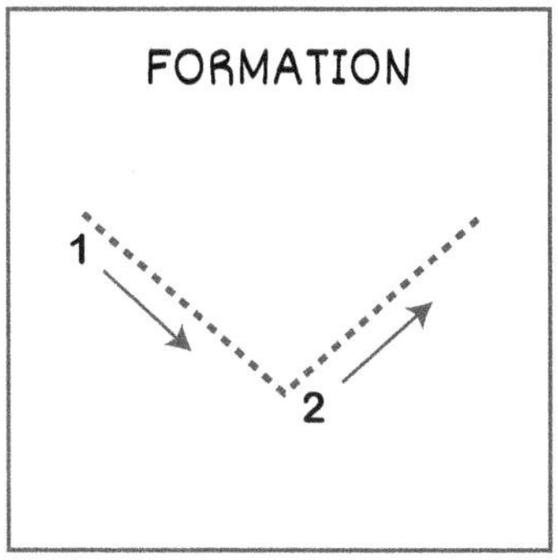

# *Trace down and up strokes with pencil*

# *Draw up and down strokes then down and up strokes by joining dots*

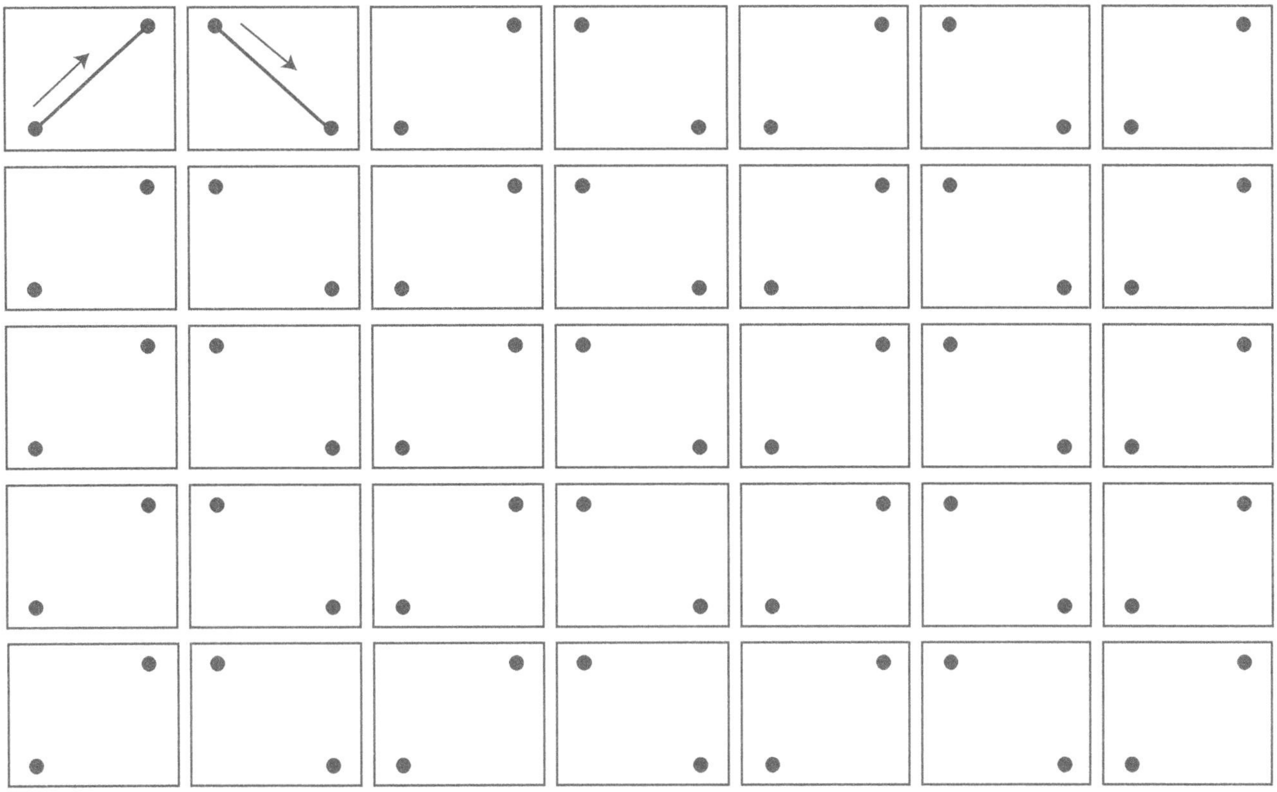

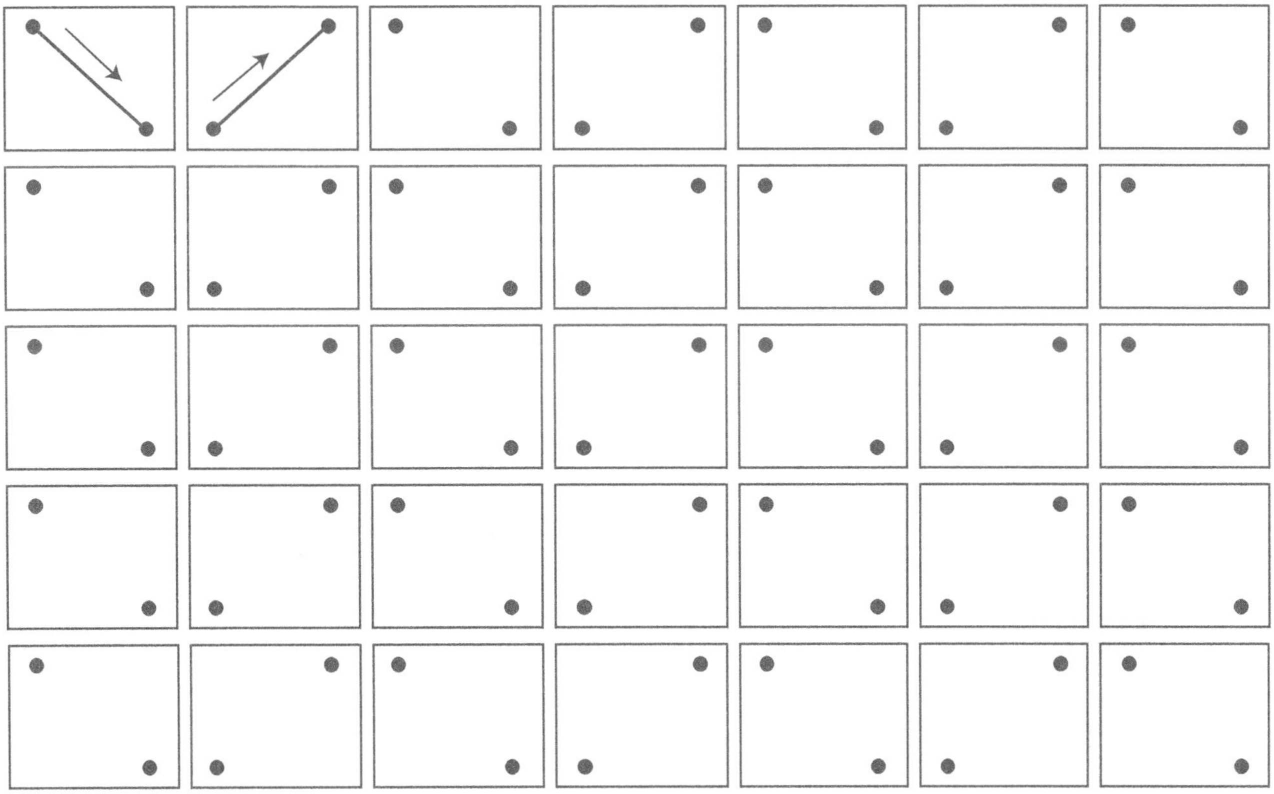

# Draw slanting lines by joining dashes

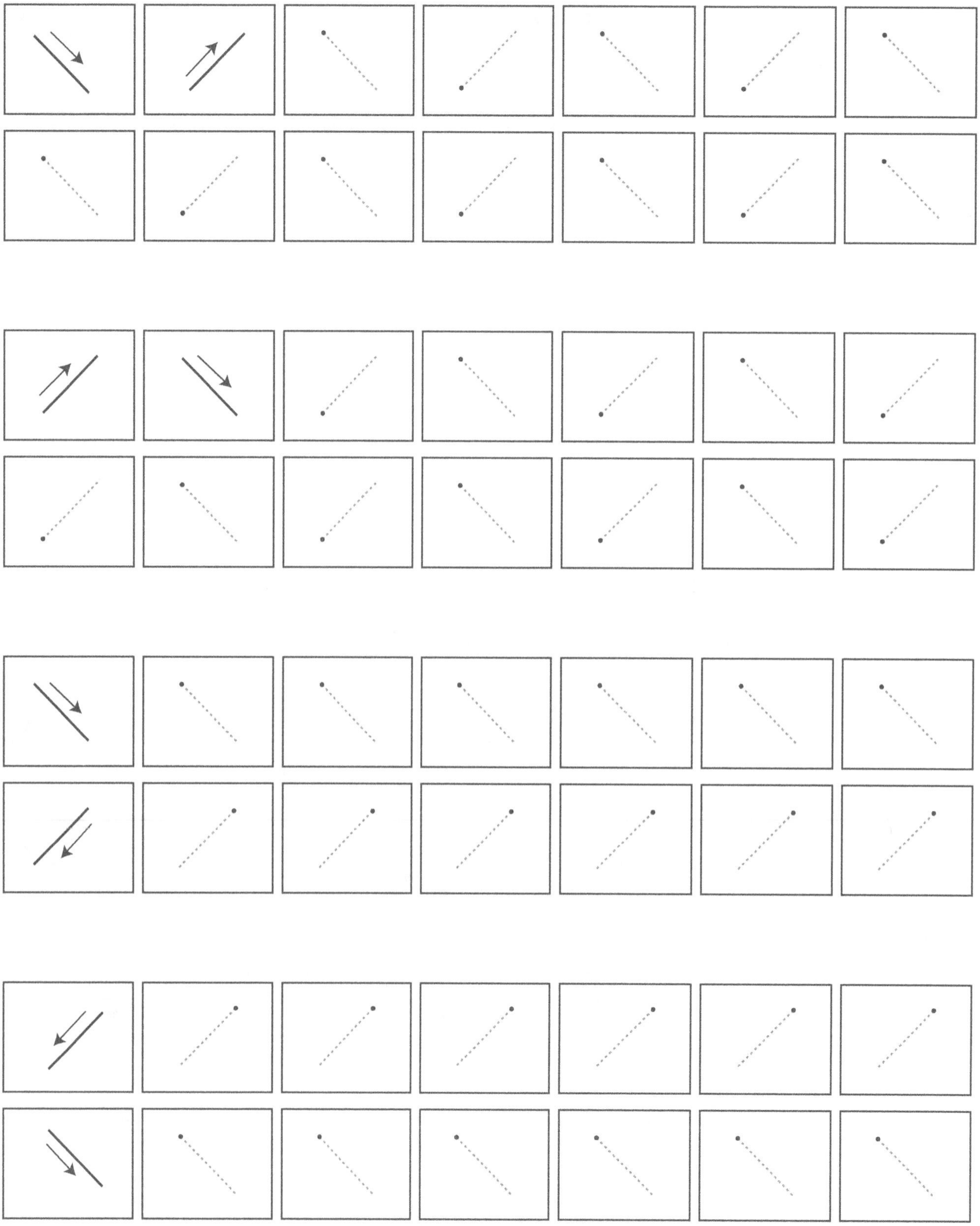

# *Wavy lines*

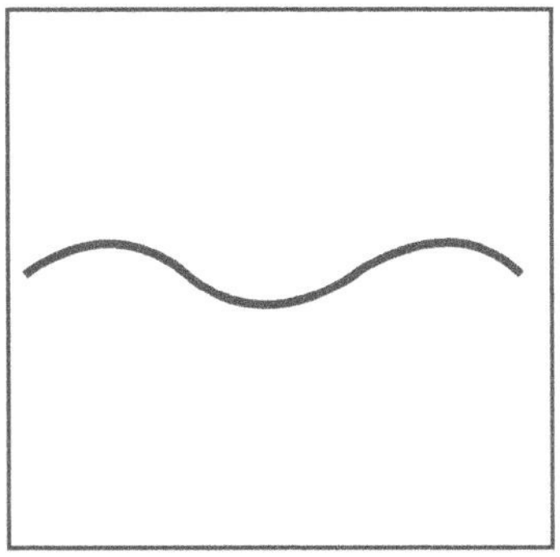

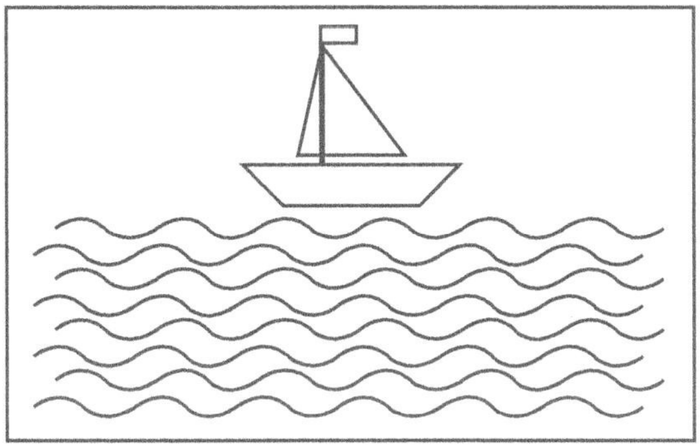

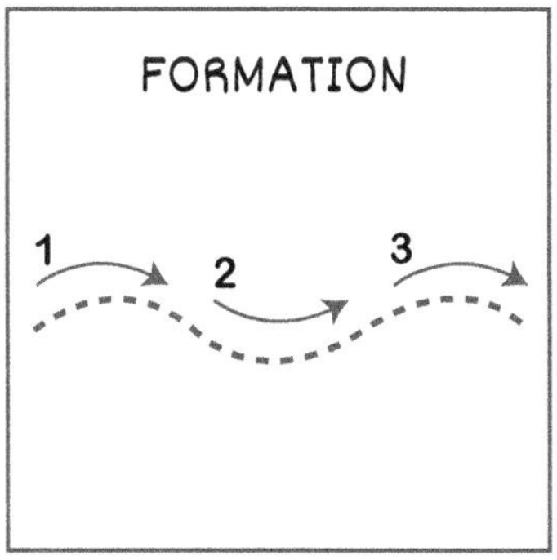

# *Trace the wavy lines with a pencil*

# *Semi circular curve (down and up)*

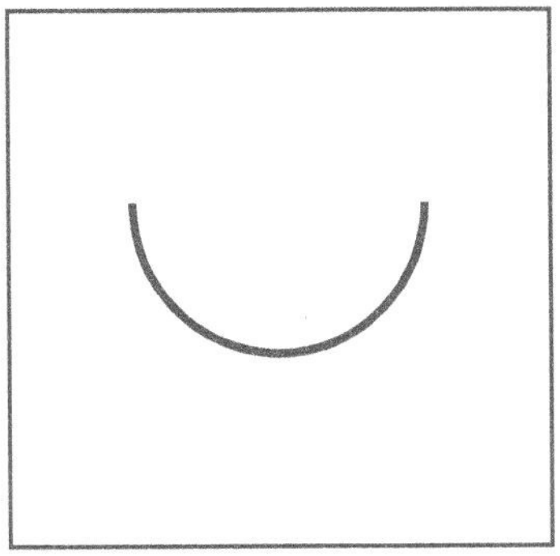

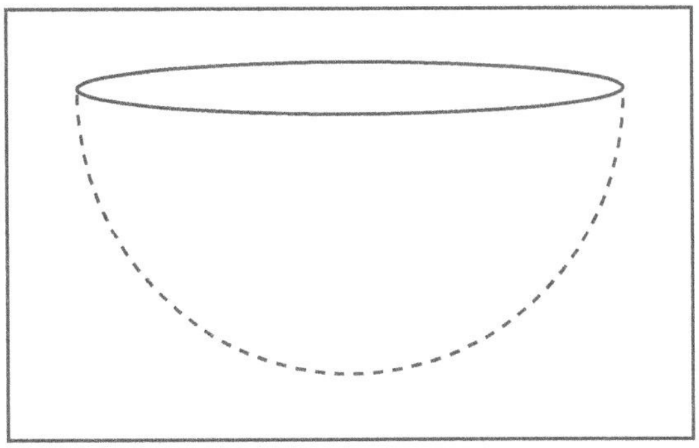

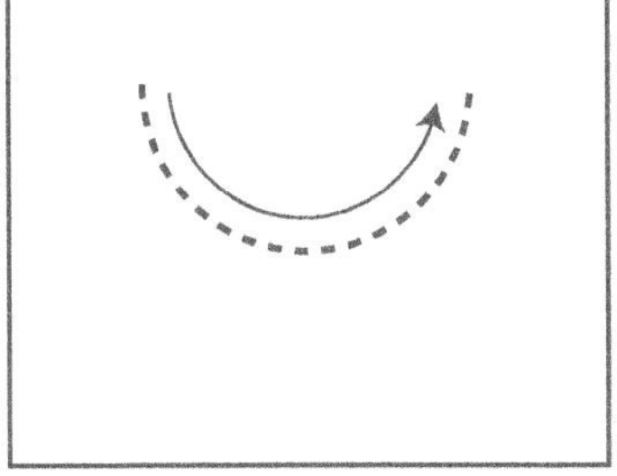


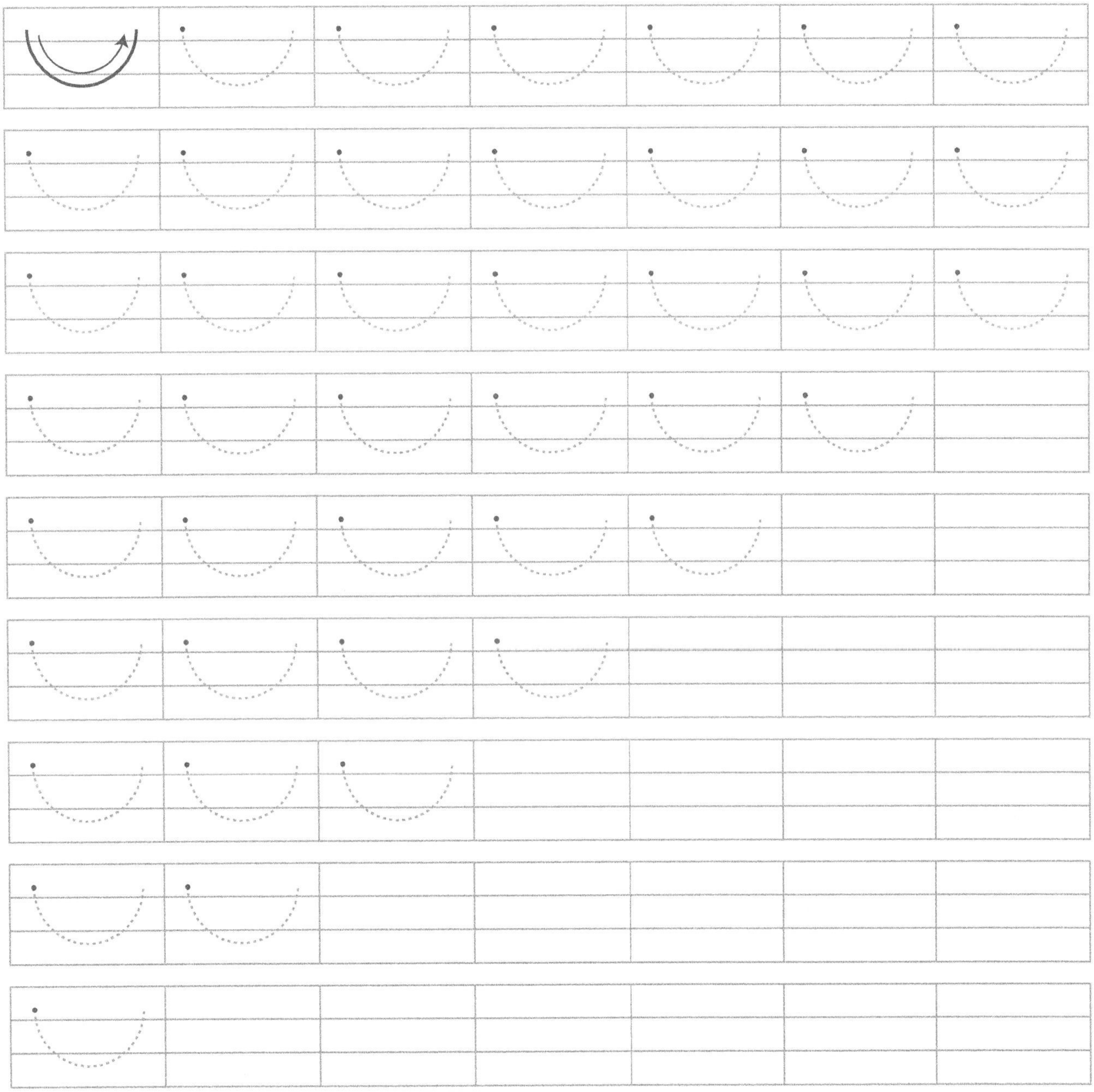

# *Semi circular curve (up and down)*

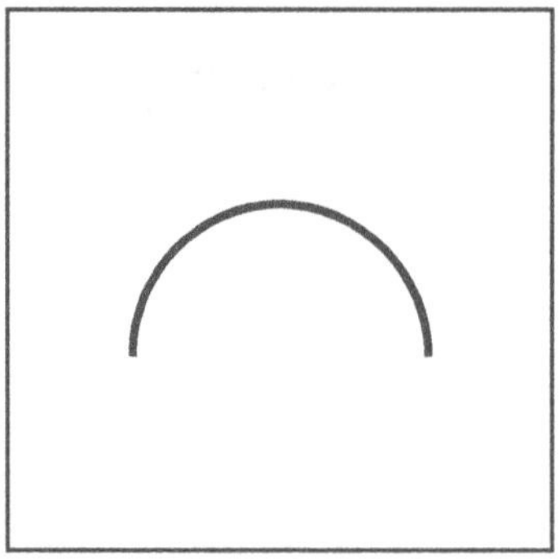

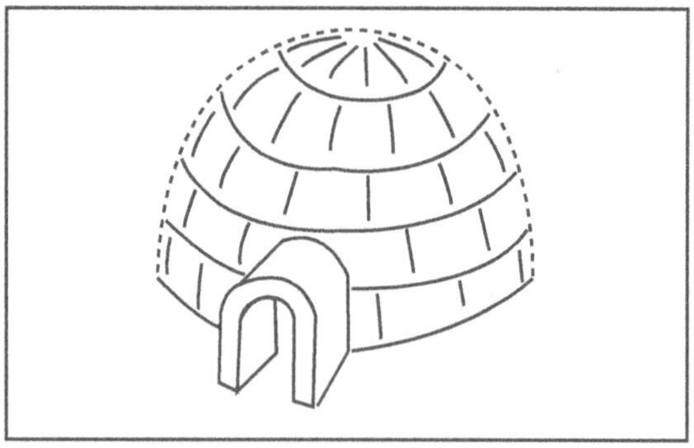

FORMATION

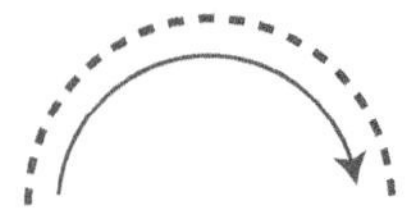

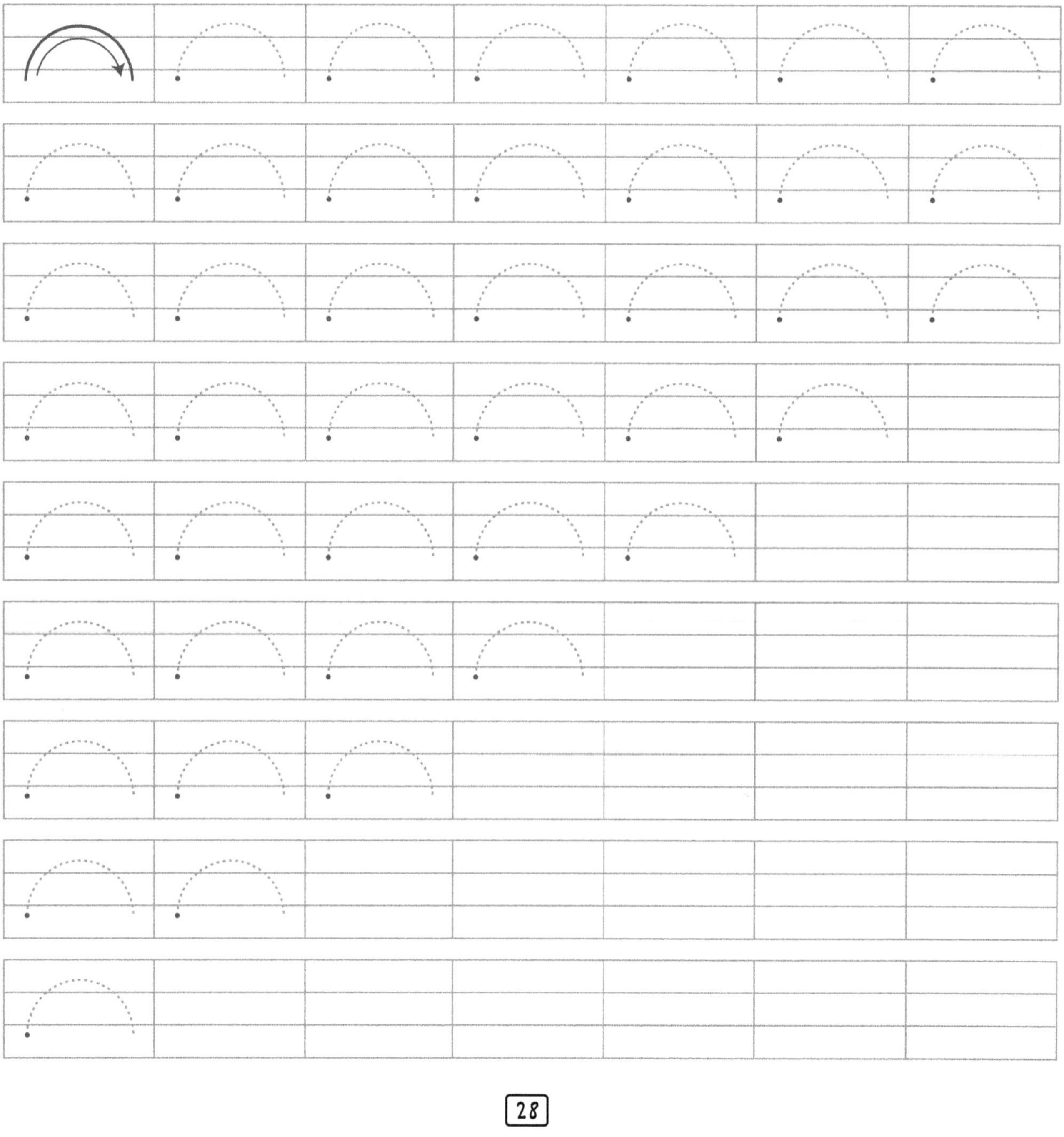

# *Make curves patterns by joining dashes*

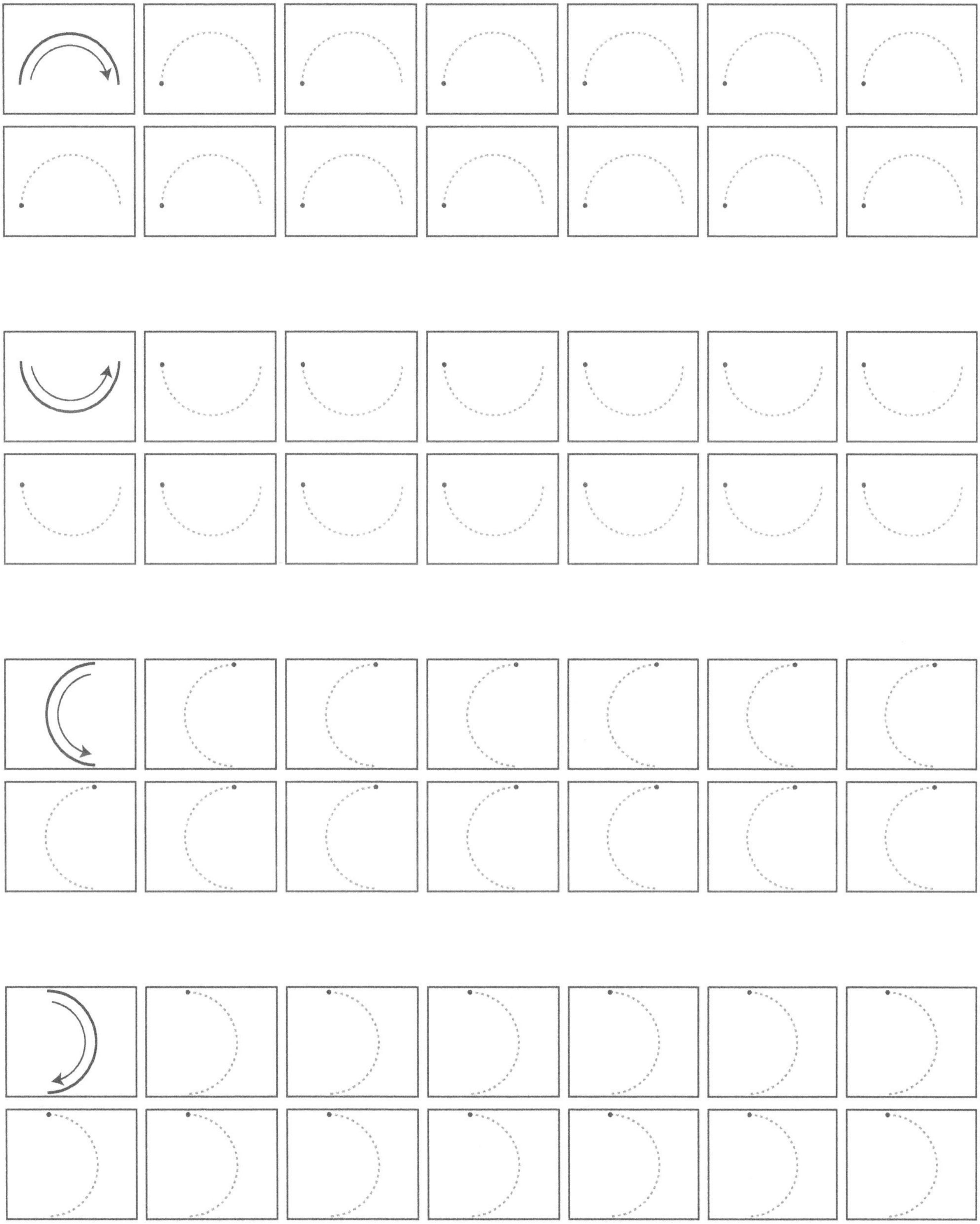

# *Puddles pattern*

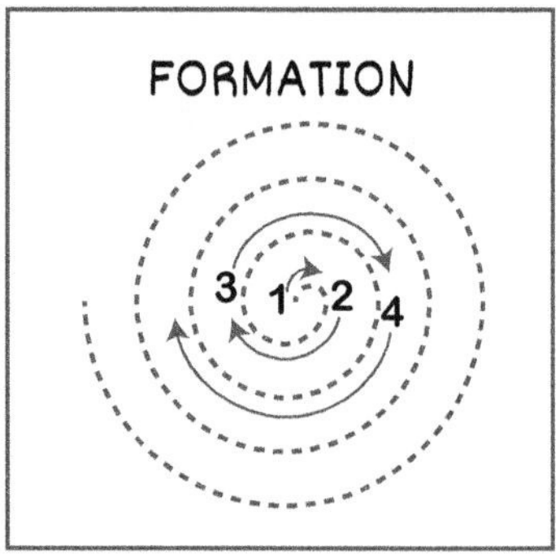


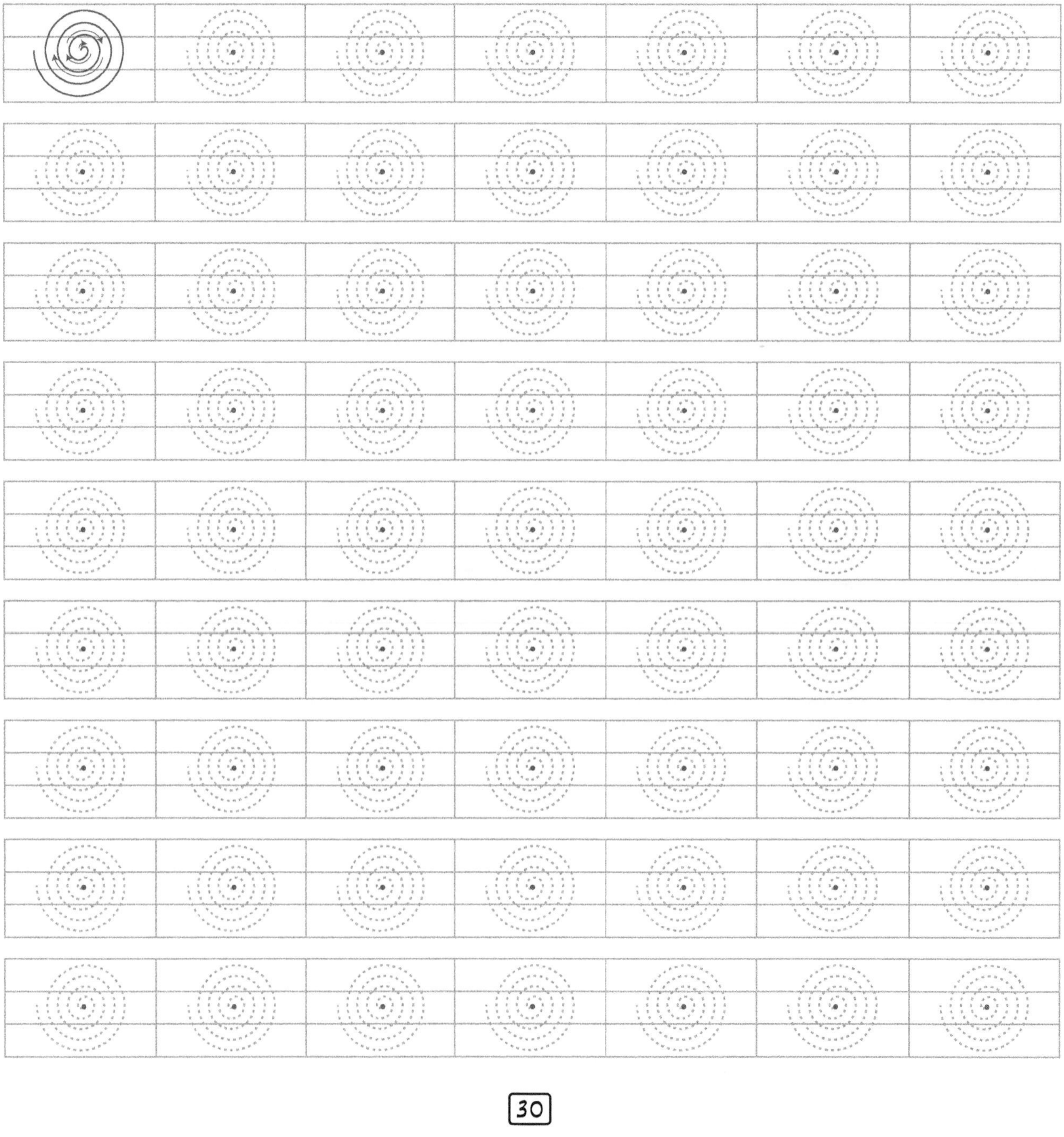

# *Join the dashes to complete different patterns*

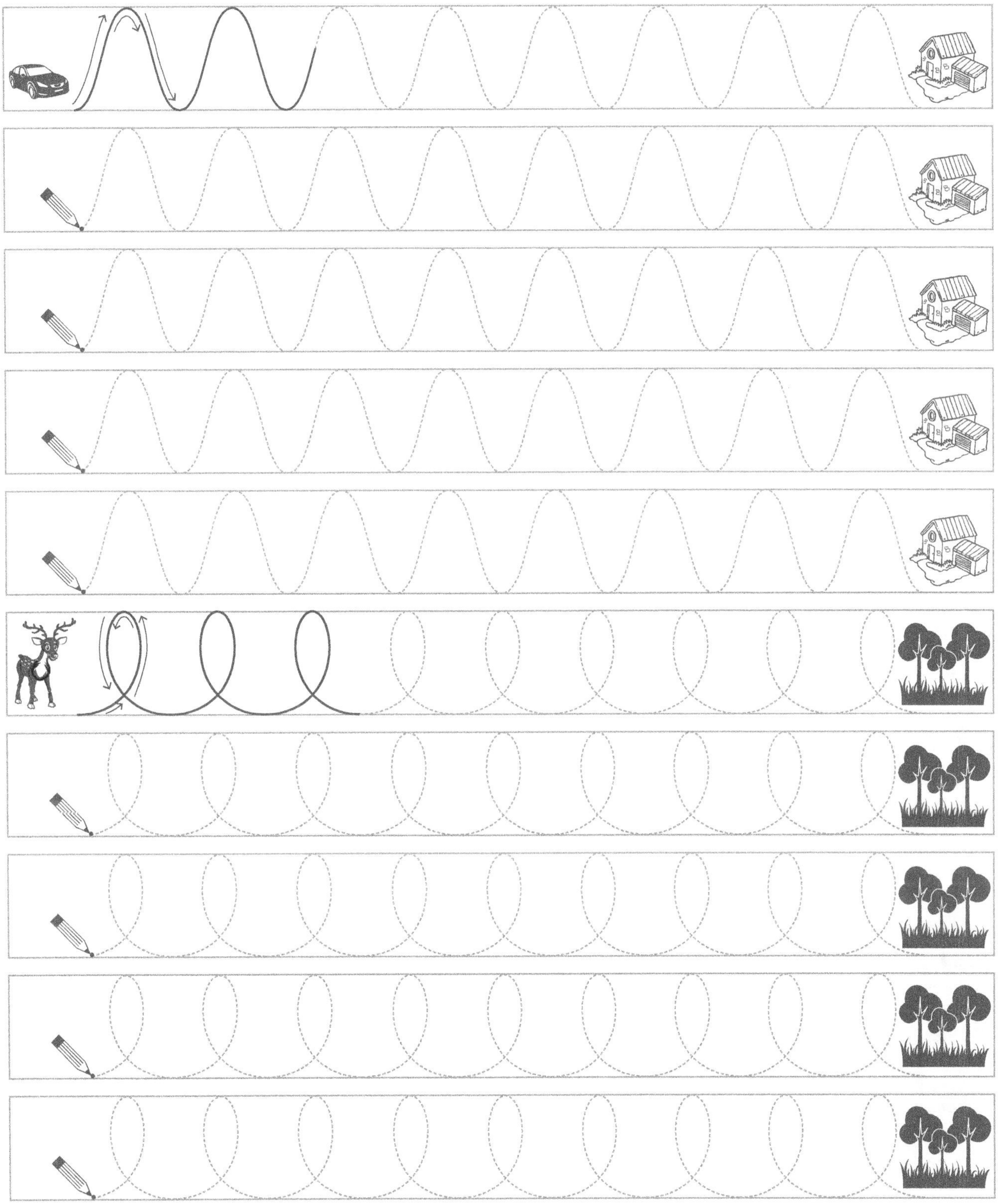

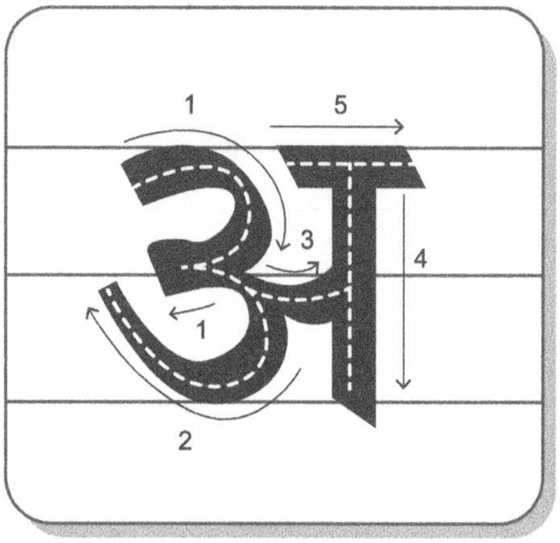


(a)

अनार

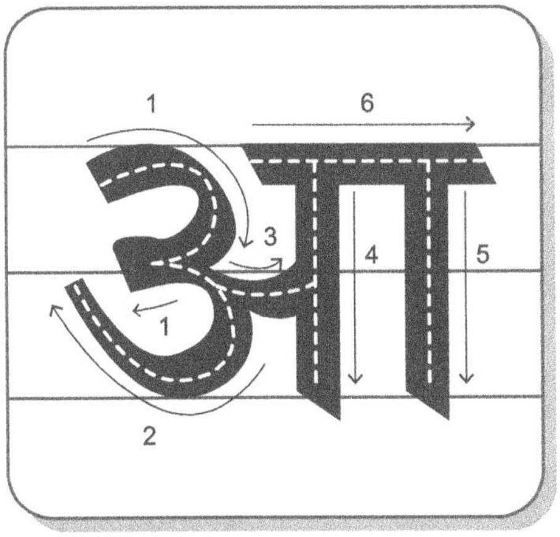

(ā)

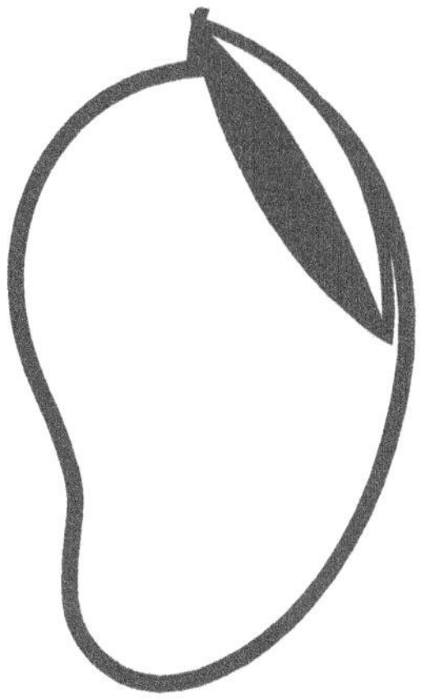

आम

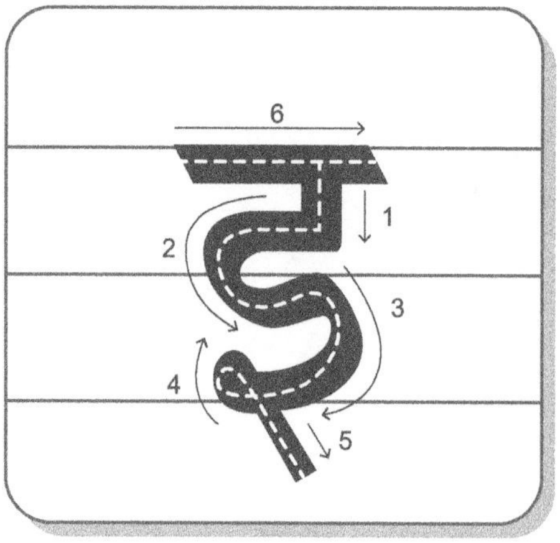


(i)

इमली

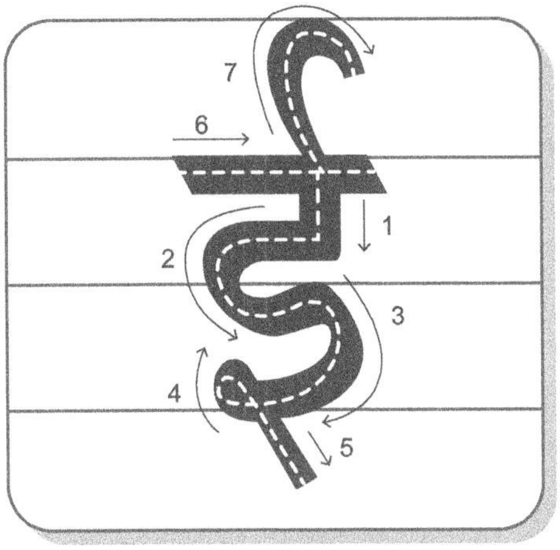


(ī)

ईख

Date : ...............................



Teacher's Signature : ...............................

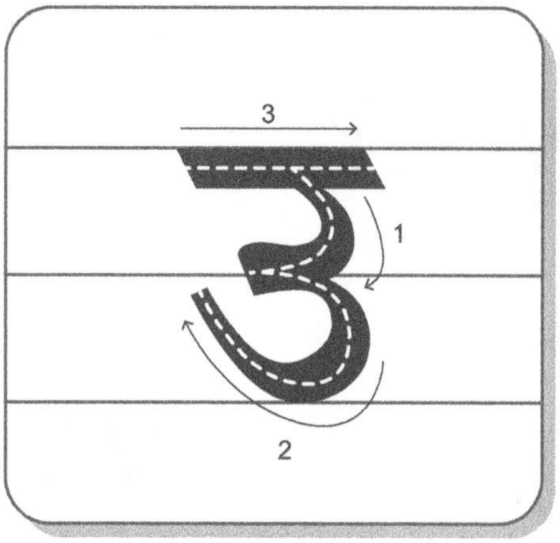


(u)

उल्लू

Date : ................................



Teacher's Signature : ................................

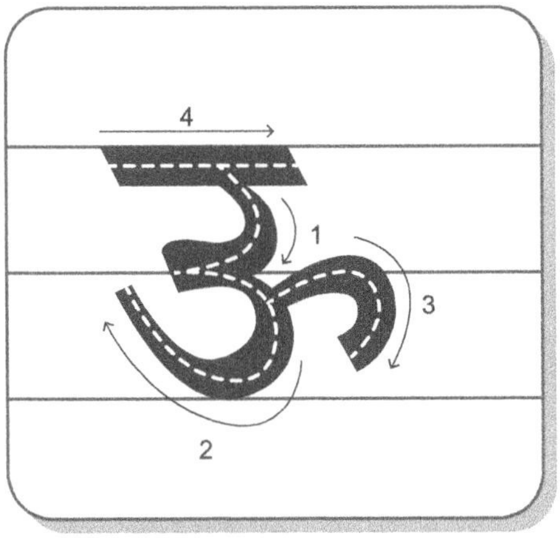


(ū)

ऊन

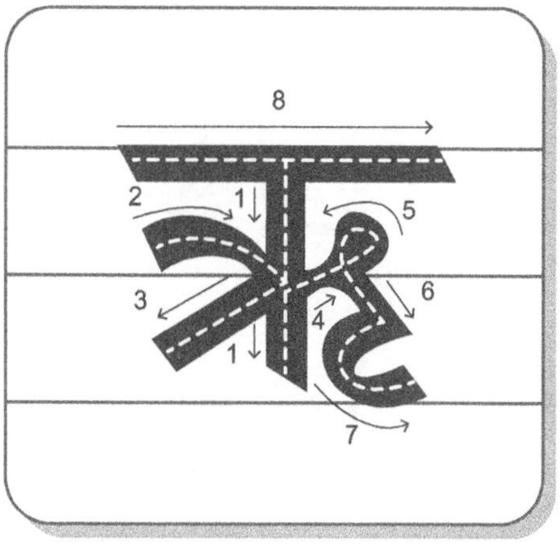

(ṛ)

ऋषि

Date : ...............................



Teacher's Signature : ...............................

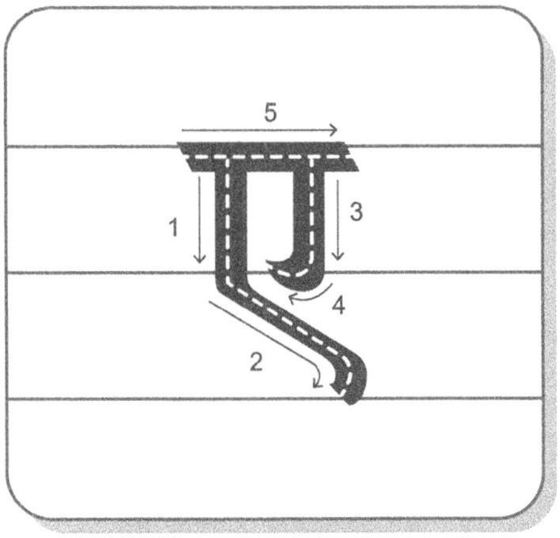


(e)

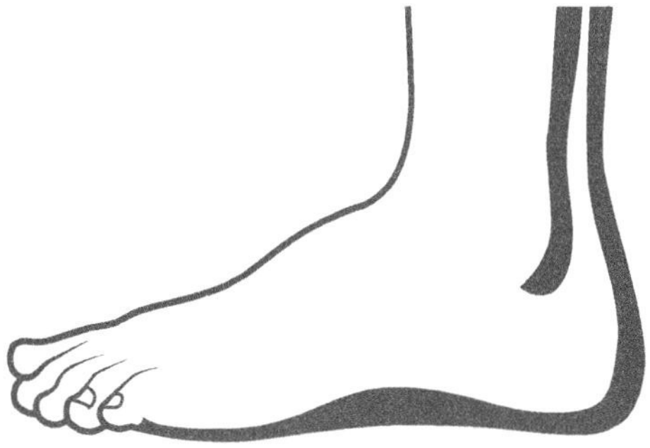

एड़ी

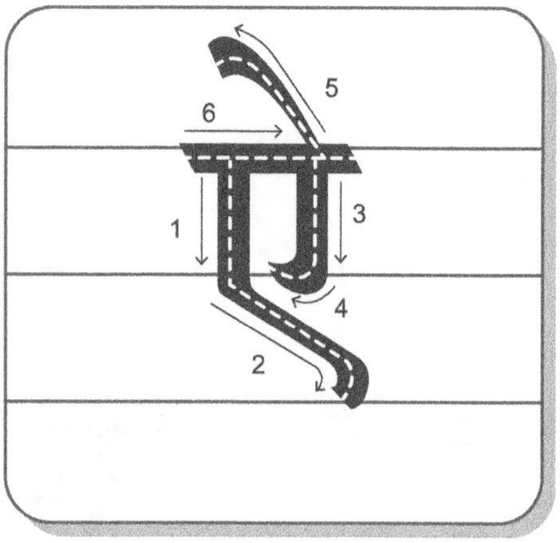


(ei)

ऐनक

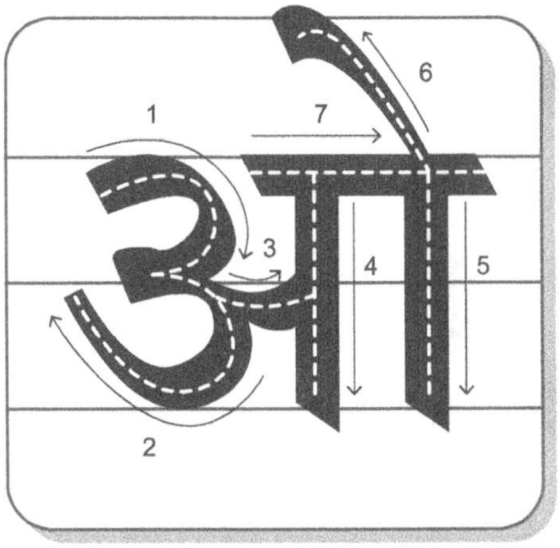


(o)

ओखली

| | | | | | | |
|---|---|---|---|---|---|---|
| उ | अ | ओ | उ | अ | ओ | ओ |
| ओ | ओ | ओ | ओ | ओ | ओ | ओ |
| ओ | ओ | ओ | ओ | ओ | ओ | ओ |
| औ | ओ | ओ | ओ | ओ | ओ | ओ |
| औ | ओ | ओ | ओ | ओ | ओ | ओ |
| ओ | ओ | ओ | ओ | ओ | ओ | ओ |
| ओ | ओ | ओ | ओ | ओ | ओ | ओ |
| | | | | | | |

दिनांक :.....................



हस्ताक्षर :.........................

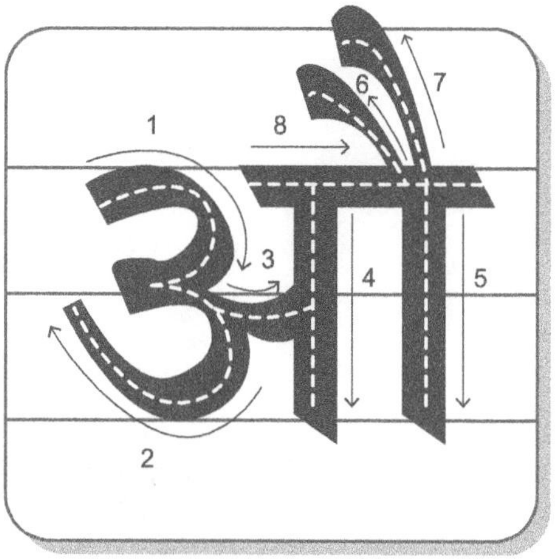


(au)

औरत

उ अ औ उ अ औ औ

औ औ औ औ औ औ औ

औ औ औ औ औ औ औ

औ औ औ औ औ औ औ

औ औ औ औ औ औ औ

औ औ औ औ औ औ औ

औ औ औ औ औ औ औ

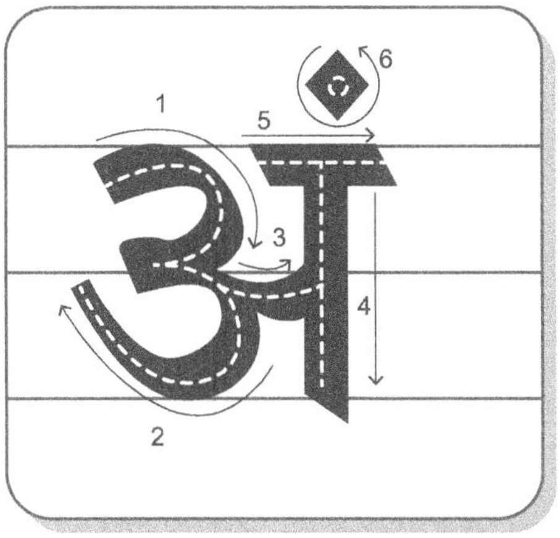


(an)

अंगूर

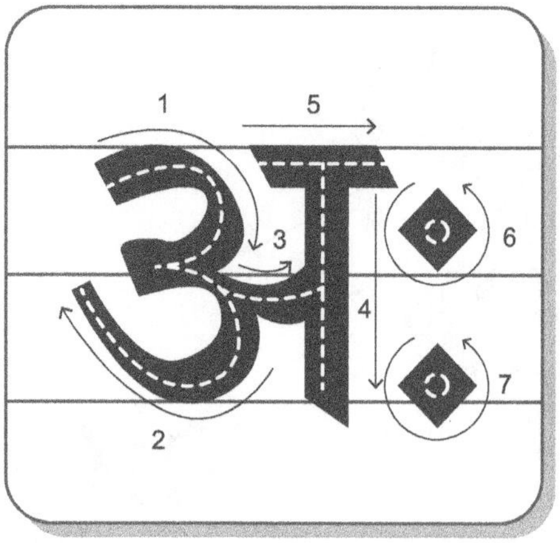


(aḥ)

दिनांक :.....................

हस्ताक्षर :.........................

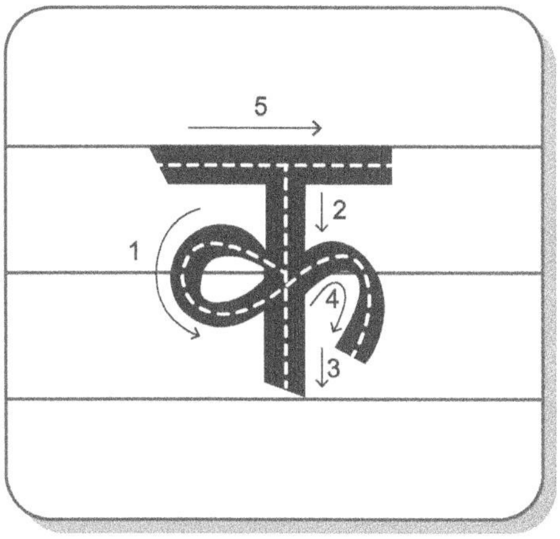


(ka)

कबूतर

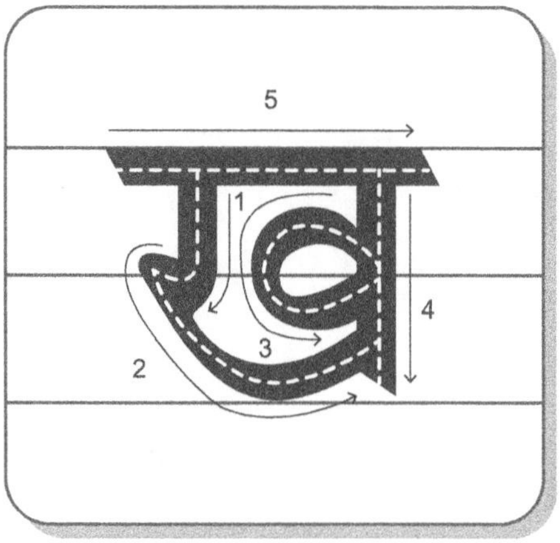


(kha)

खरगोश

दिनांक :..................



हस्ताक्षर :......................

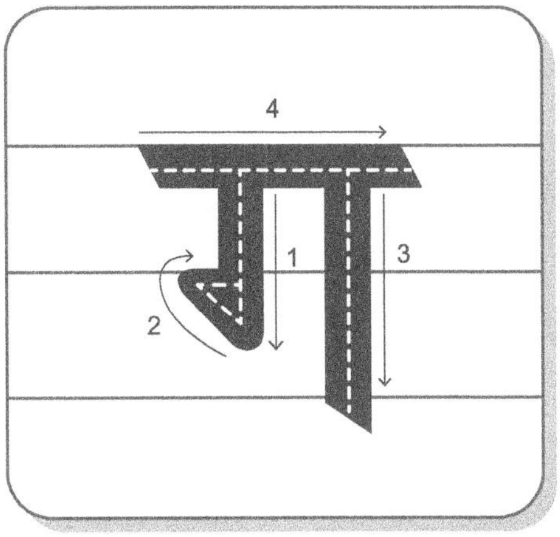


(ga)

गमला

दिनांक :.....................



हस्ताक्षर :.........................

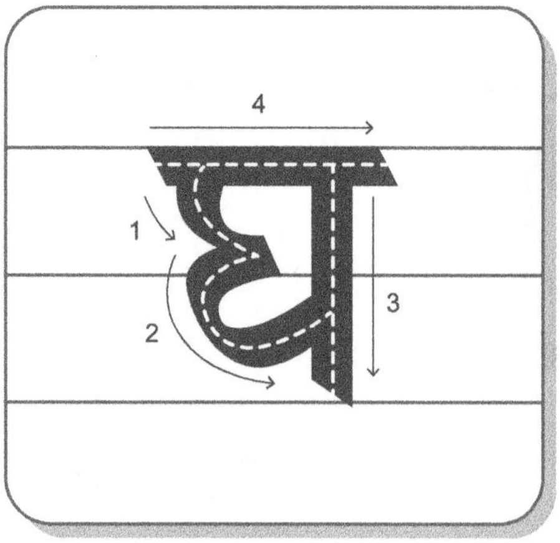


(gha)

घर

दिनांक :....................



हस्ताक्षर :........................

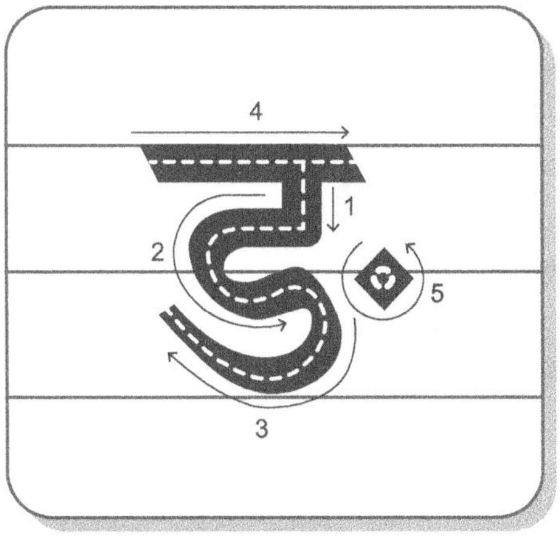


(ṅa)

दिनांक :....................

हस्ताक्षर :.........................

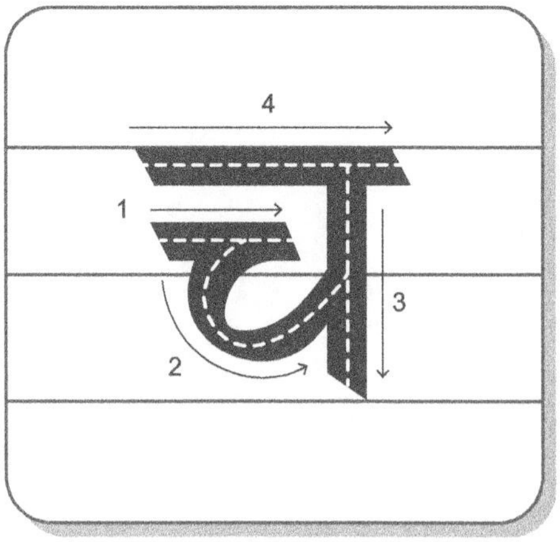


(ca)

चरखा

दिनांक :.....................

हस्ताक्षर :.........................

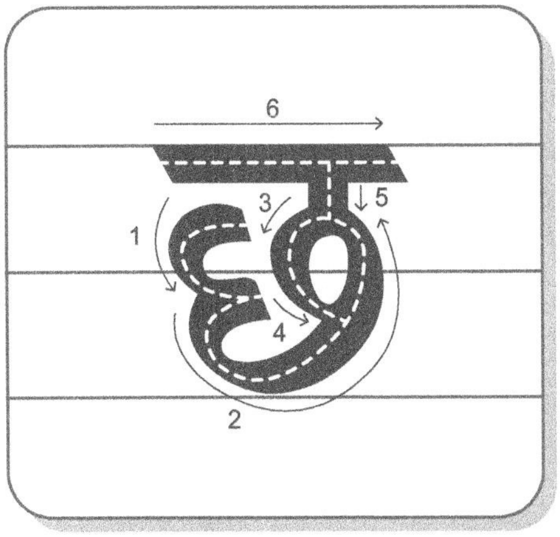

(cha)

छतरी

दिनांक :......................



हस्ताक्षर :.........................

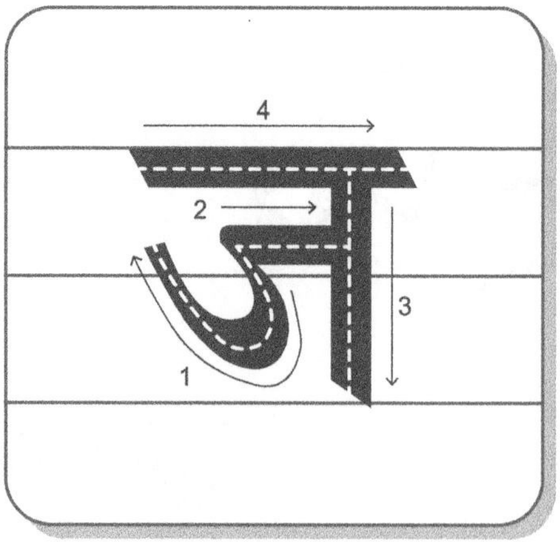


(ja)

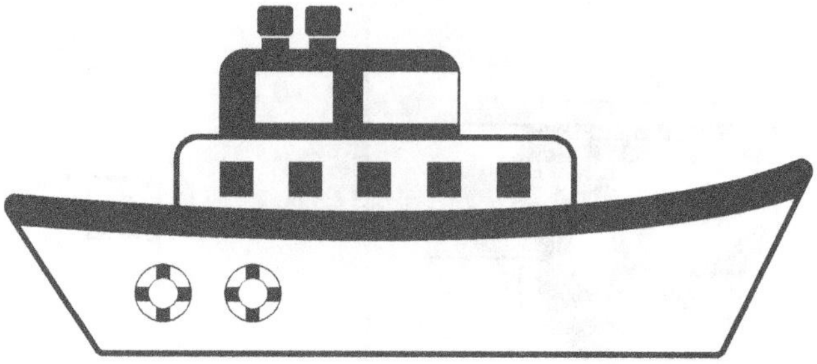

जहाज

दिनांक :....................



हस्ताक्षर :........................

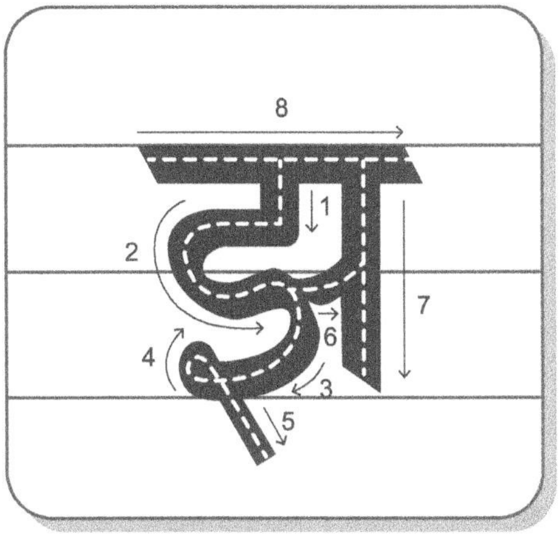


(jha)

झंडा

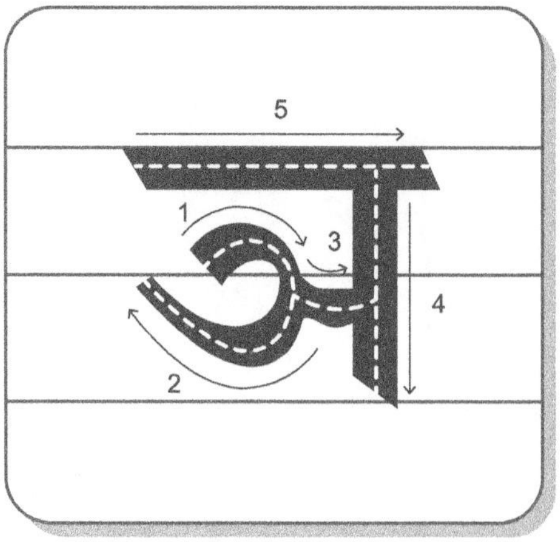


(ña)

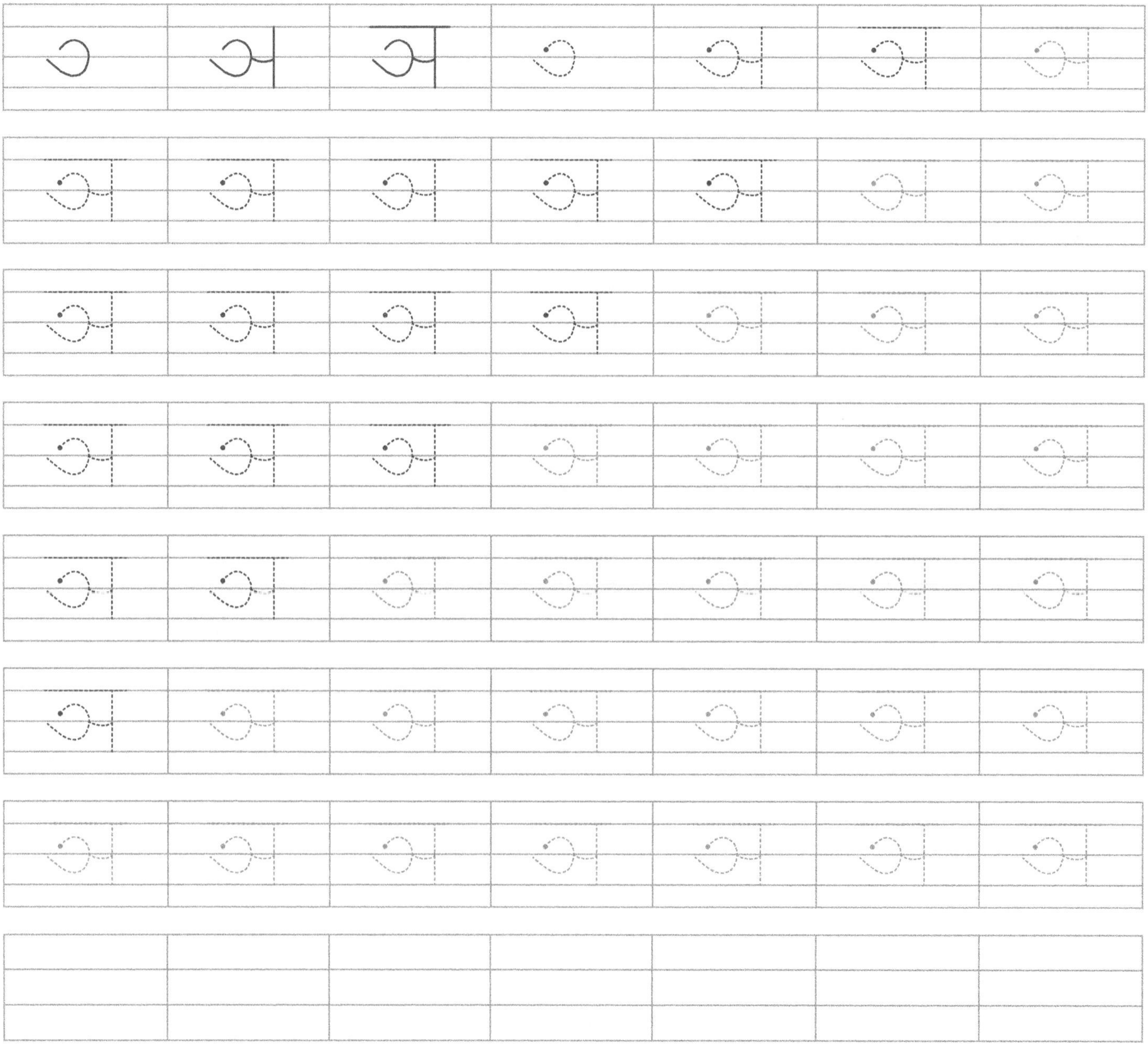

दिनांक :....................



हस्ताक्षर :........................

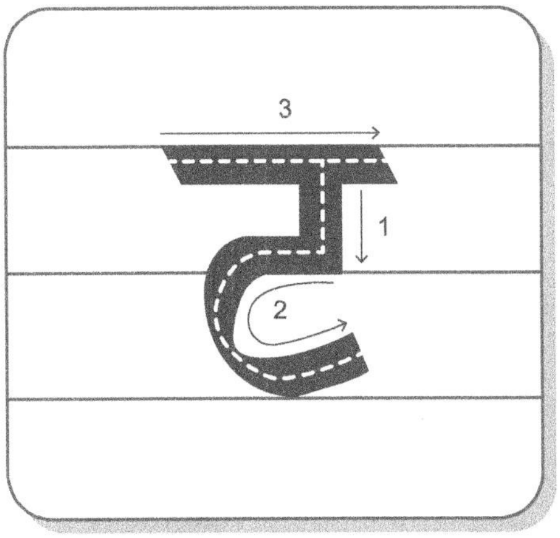


(ṭa)

टमाटर

दिनांक :.....................



हस्ताक्षर :.........................

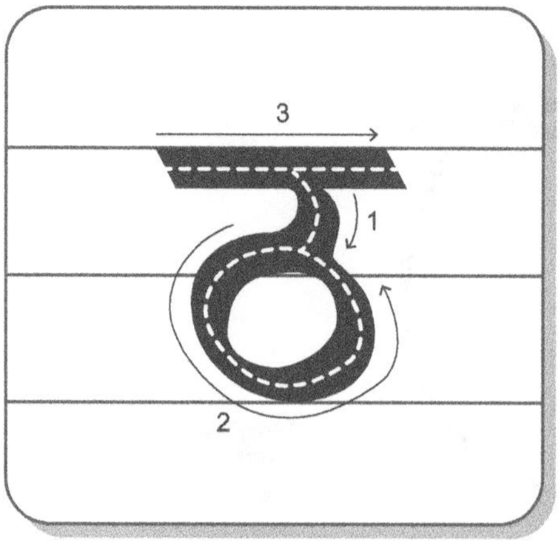


(ṭha)

ठठेरा

दिनांक :....................



हस्ताक्षर :..........................

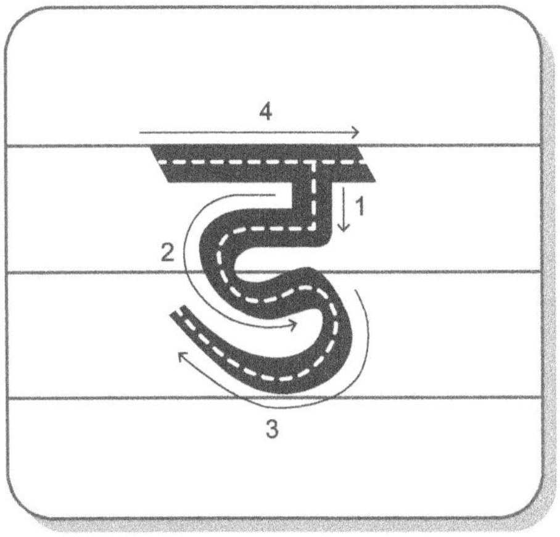


(ḍa)

डमरू

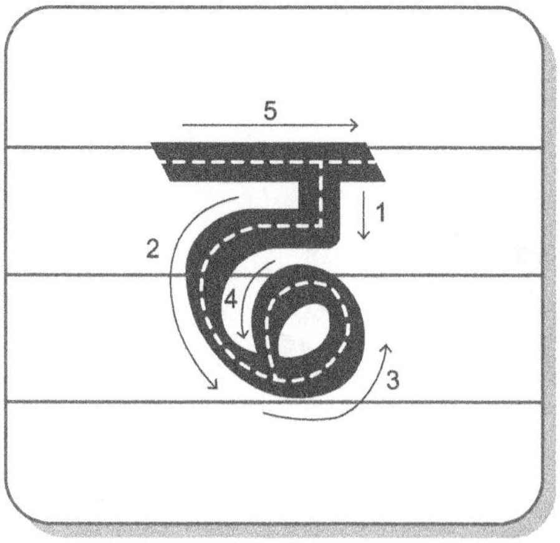

(ḍha)

ढक्कन

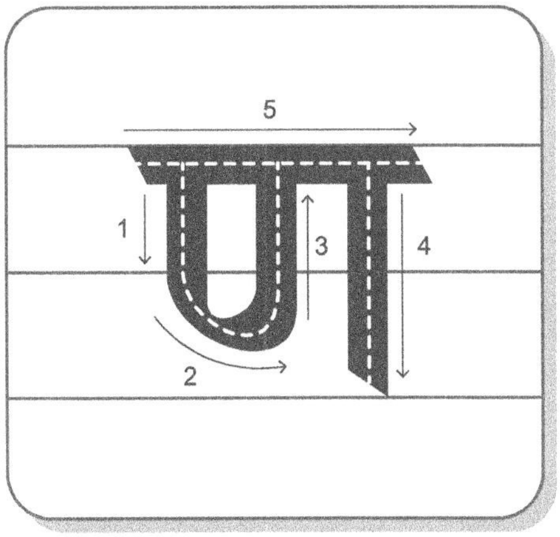


(ṇa)

दिनांक :.....................



हस्ताक्षर :.........................

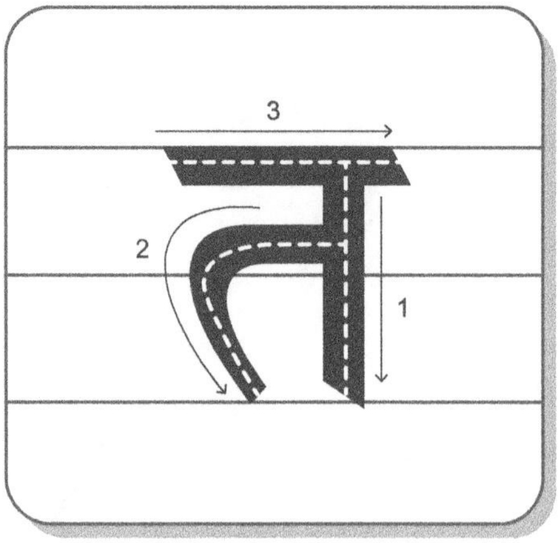


(ta)

तरबूज

दिनांक :....................



हस्ताक्षर :........................

(tha)

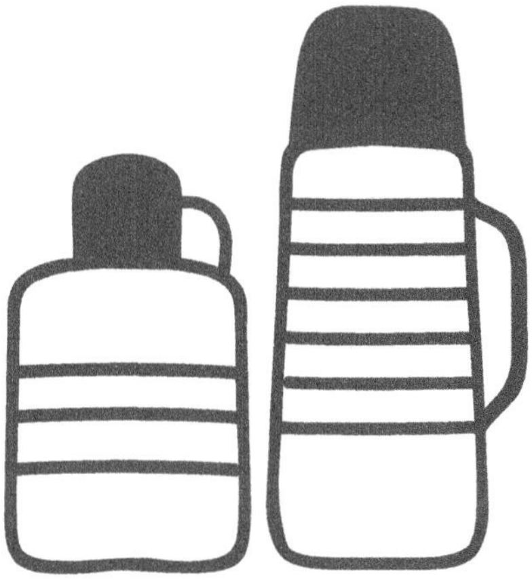

थरमस

दिनांक :....................



हस्ताक्षर :........................

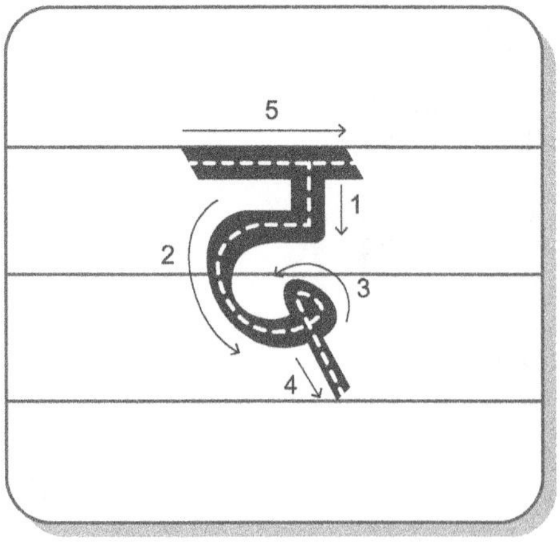


(da)

# दवात

दिनांक :....................



हस्ताक्षर :........................

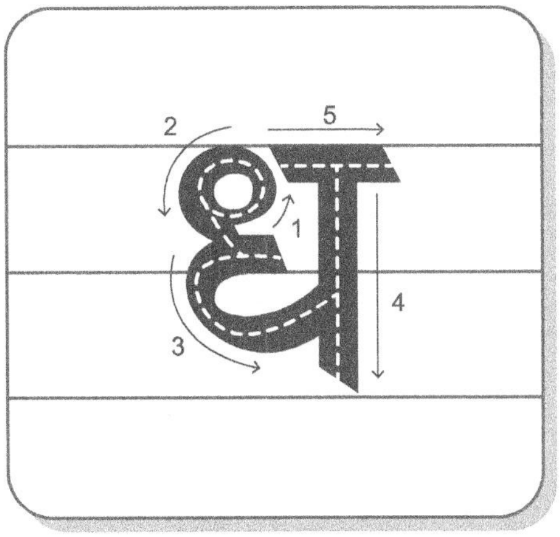


(dha)

धनुष

दिनांक :....................



हस्ताक्षर :.........................

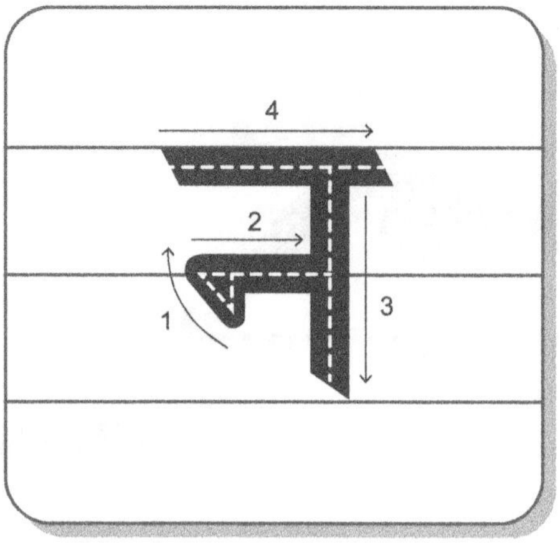


(na)

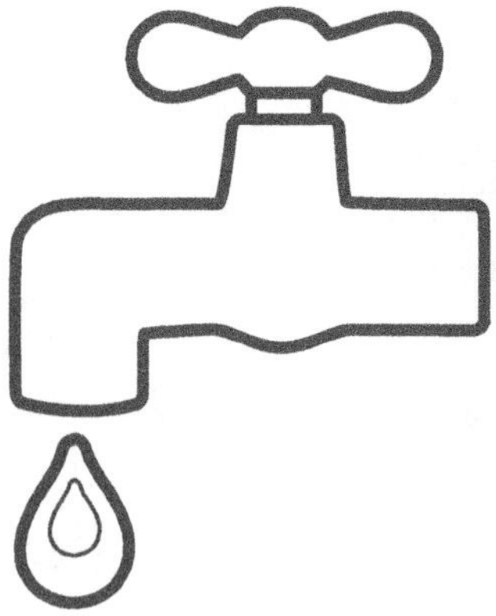

नल

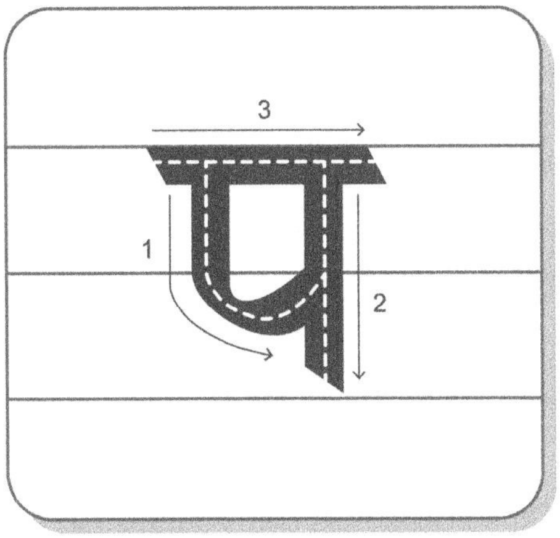


(pa)

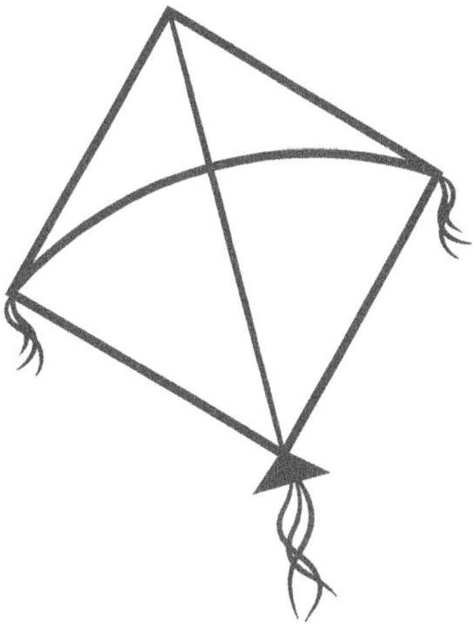

पतंग

दिनांक :.....................



हस्ताक्षर :..........................

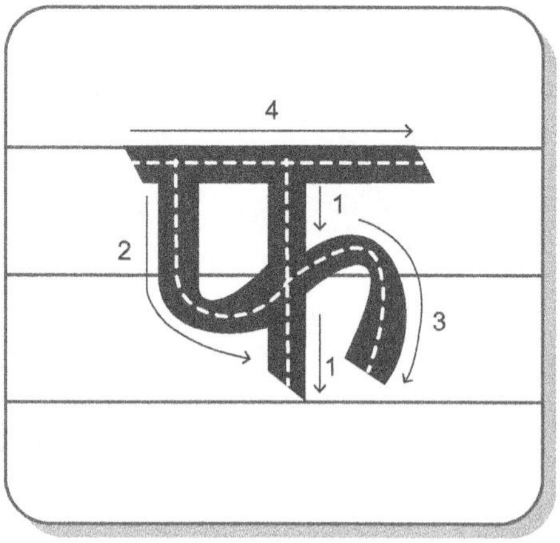

(pha)

फल

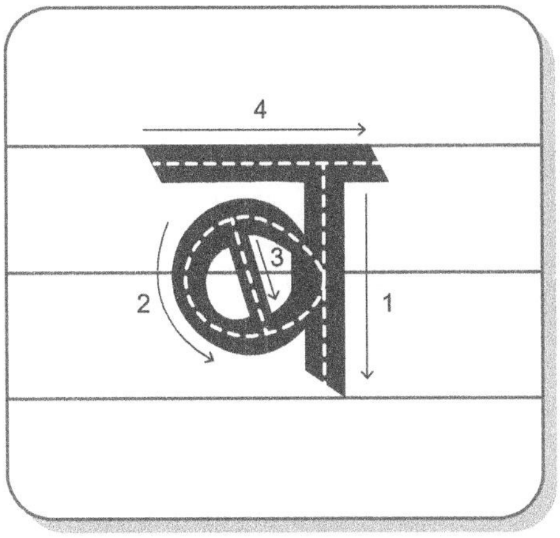


(ba)

बत्तख

दिनांक :......................



हस्ताक्षर :..........................

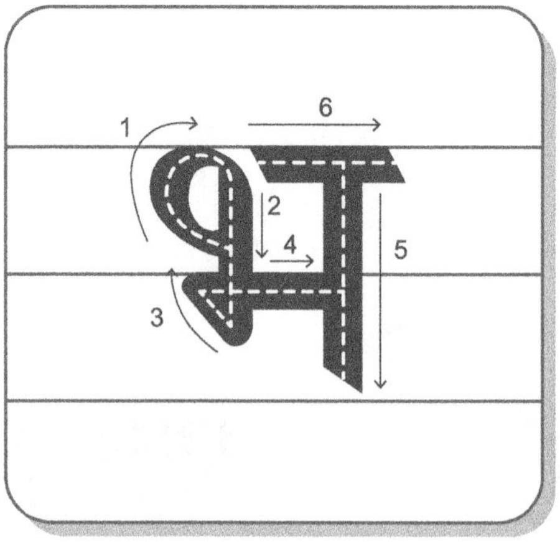


(bha)

भालू

दिनांक :....................



हस्ताक्षर :........................

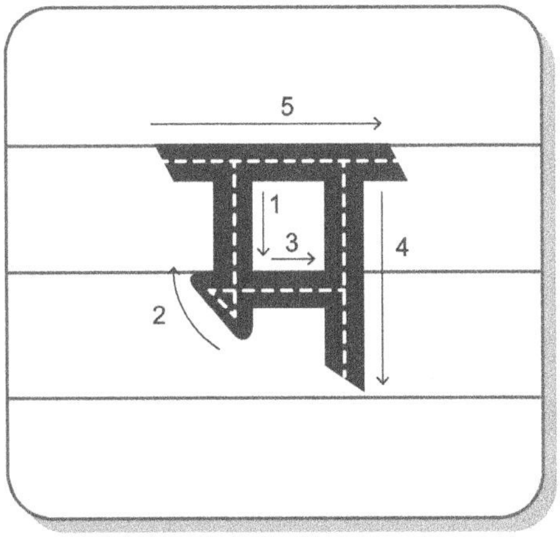


(ma)

मछली

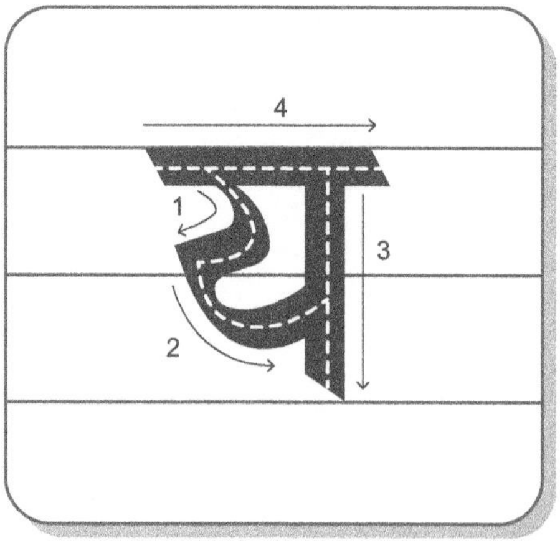


(ya)

यज्ञ

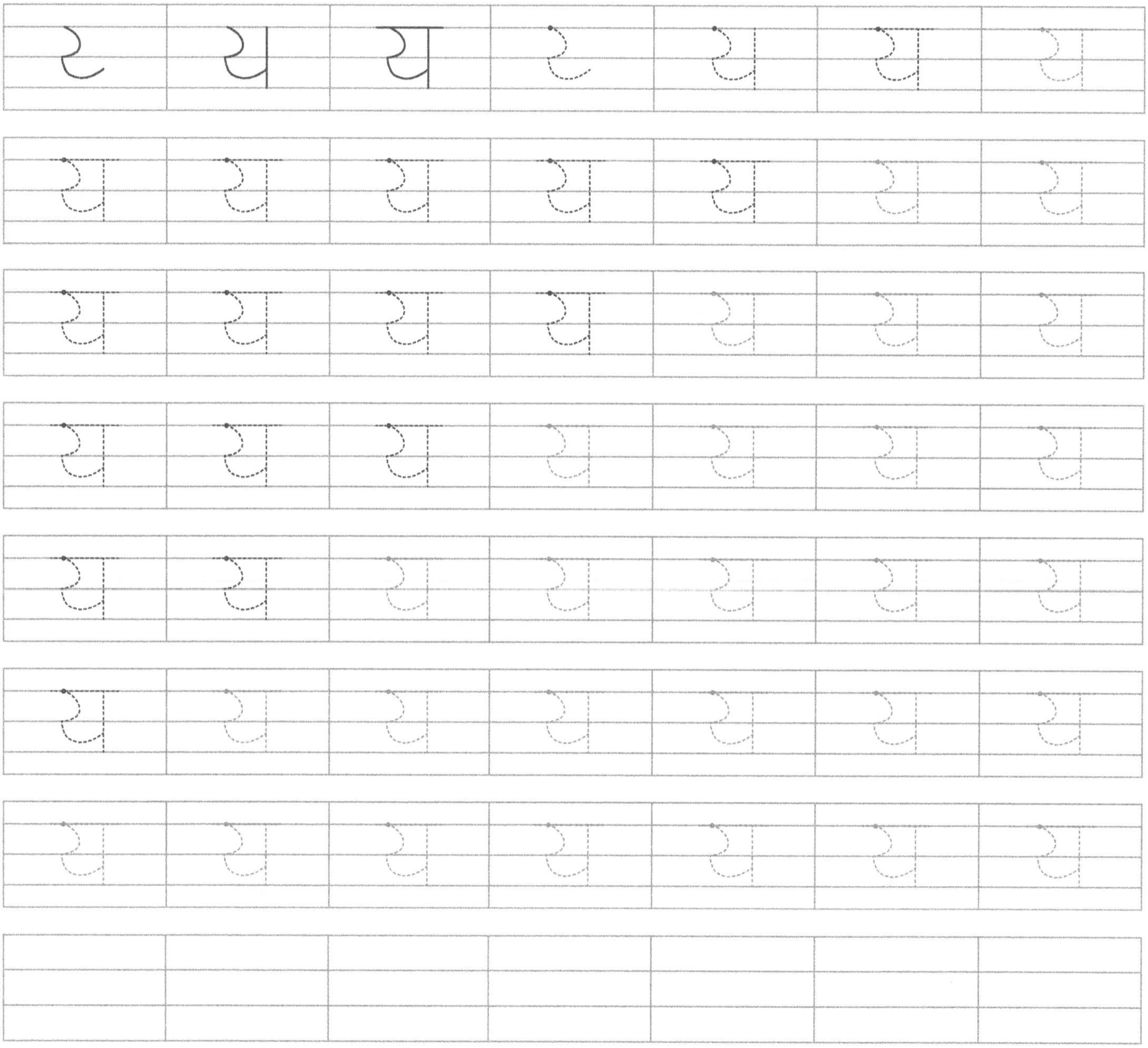

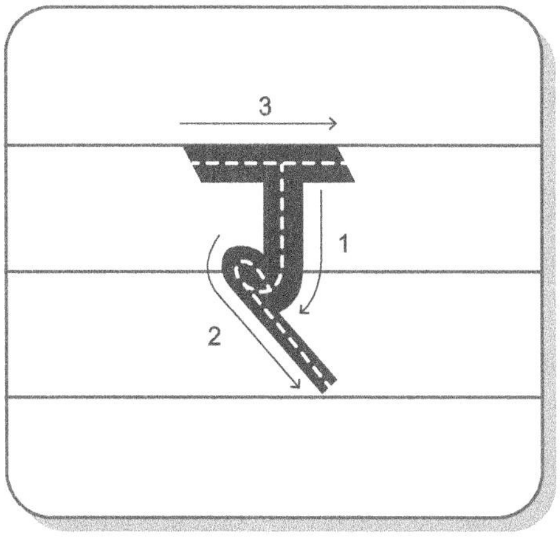


(ra)

रथ

दिनांक :....................



हस्ताक्षर :.........................

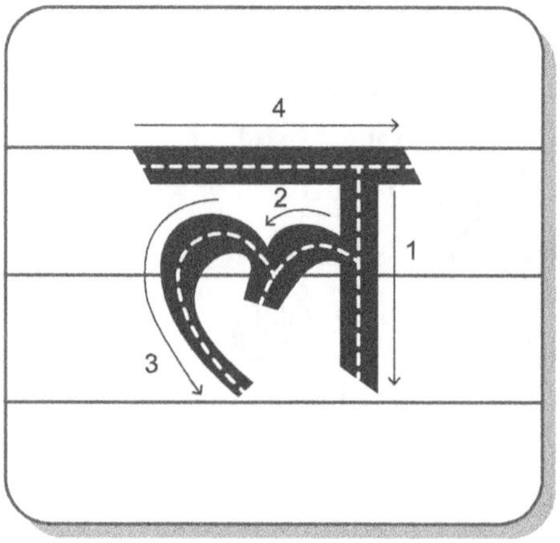


(la)

लट्टू

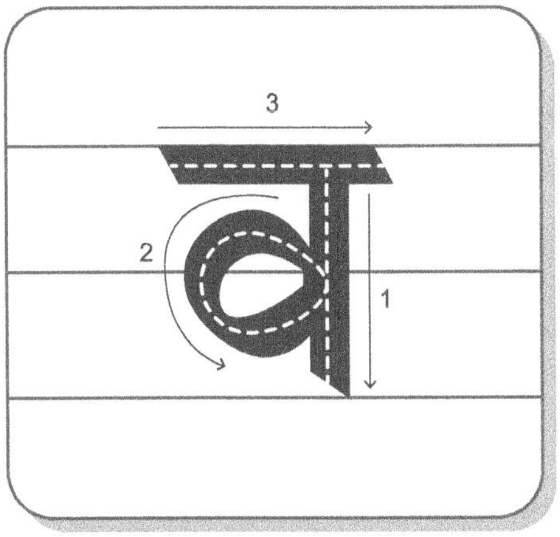


(va)

# वक

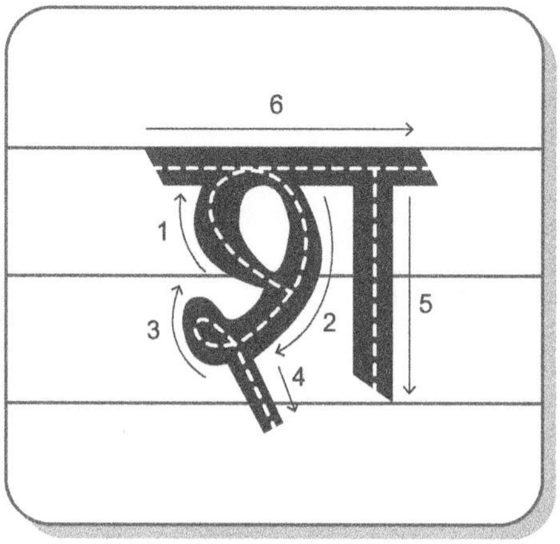


(śa)

# शलगम

दिनांक :....................



हस्ताक्षर :.........................

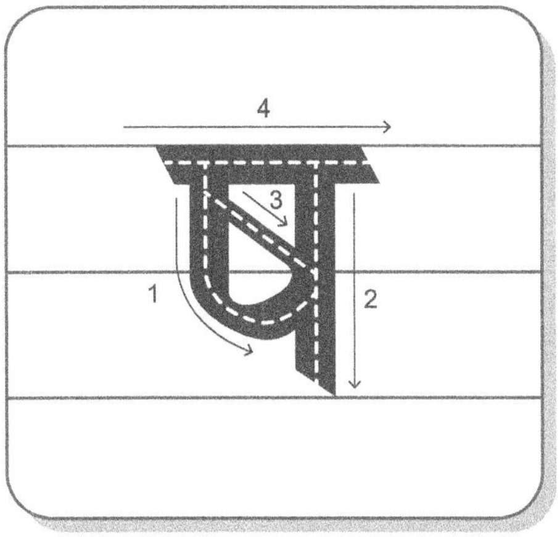


(ṣa)

# षट्कोण

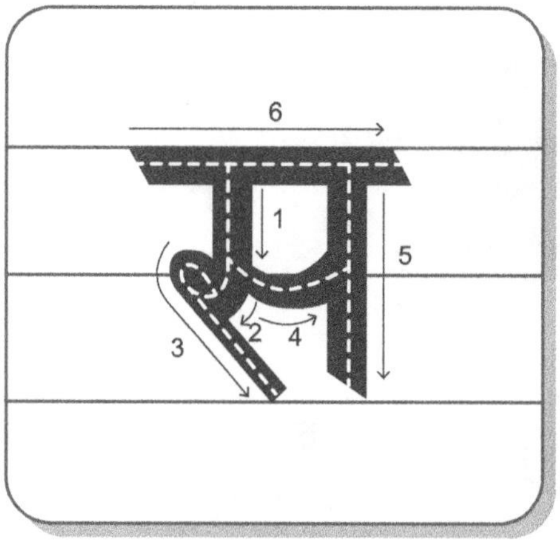


(sa)

सपेरा

दिनांक :....................



हस्ताक्षर :........................

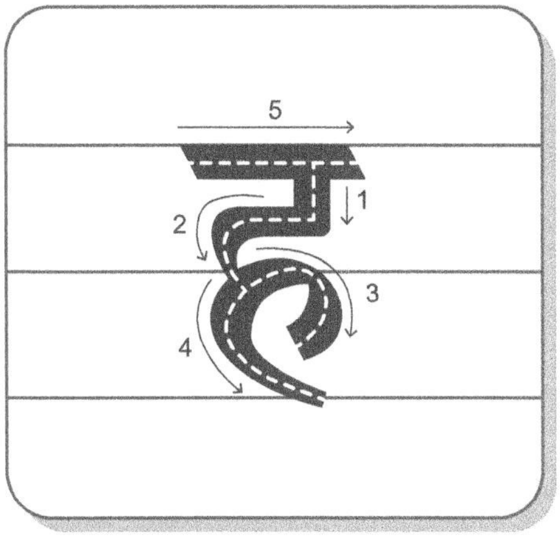


(ha)

हाथी

दिनांक :....................



हस्ताक्षर :.........................

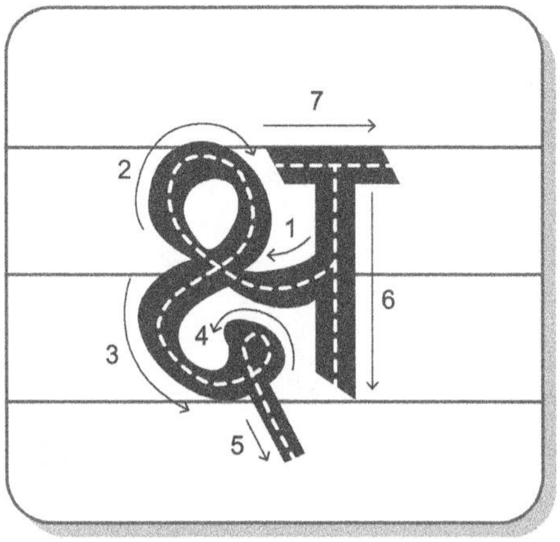


(kṣa)

**क्षत्रिय**

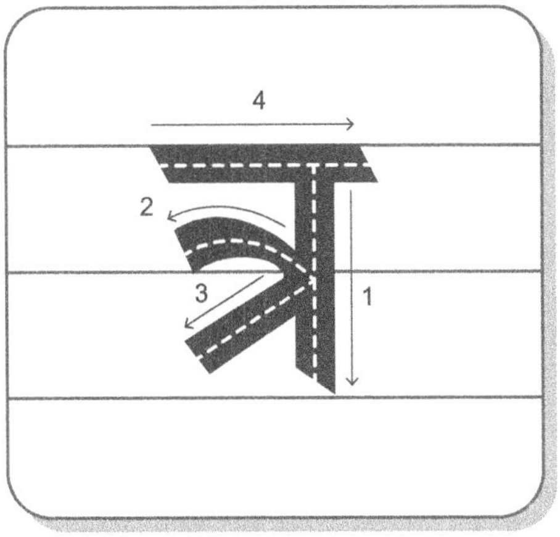


(tra)

त्रिशूल

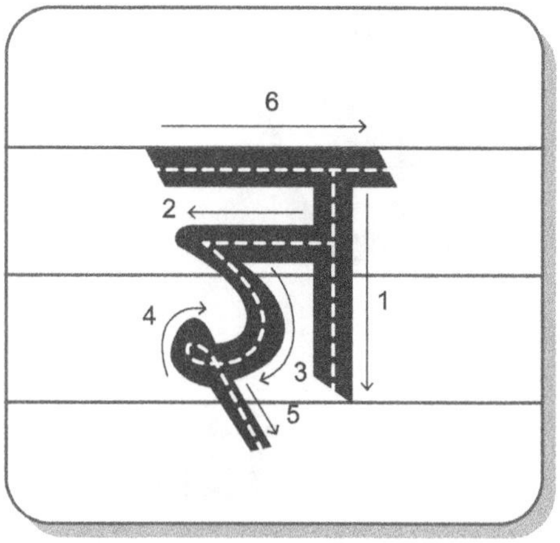

(jña)

ज्ञानी

दिनांक :....................



हस्ताक्षर :........................

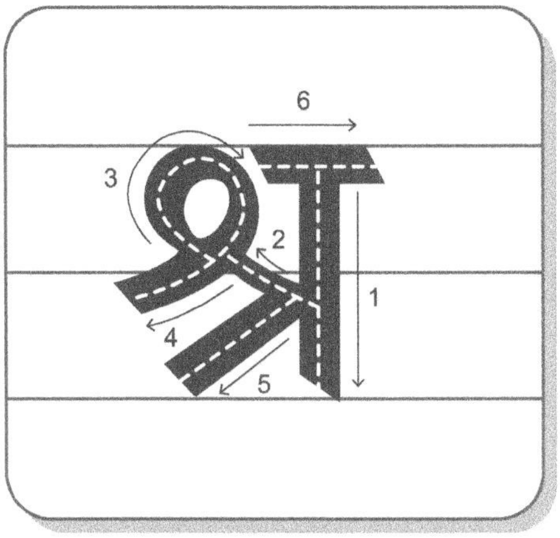


(śra)

श्रमिक

दिनांक :......................



हस्ताक्षर :..........................

# बोलकर अक्षर लिखें

अ

अः

क

श्र

दिनांक :....................



हस्ताक्षर :........................

# खाली स्थान में अक्षर लिखें

| | | | | | | |
|---|---|---|---|---|---|---|
| अ | आ | | ई | उ | | |

| | | | | | |
|---|---|---|---|---|---|
| | ऐ | | औ | | |

| | | | | | | |
|---|---|---|---|---|---|---|
| क | ख | | घ | | | छ |
| | झ | | ट | | ड | |
| | | थ | द | | न | |
| | ब | | | य | | ल |
| | | ष | स | ह | | त्र |

| | |
|---|---|
| ज्ञ | |

## चित्रों को पहचान कर उनका पहला अक्षर खाली स्थान में लिखें

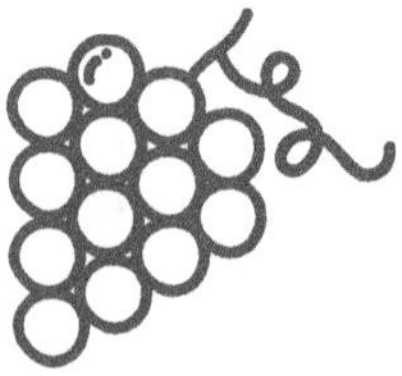

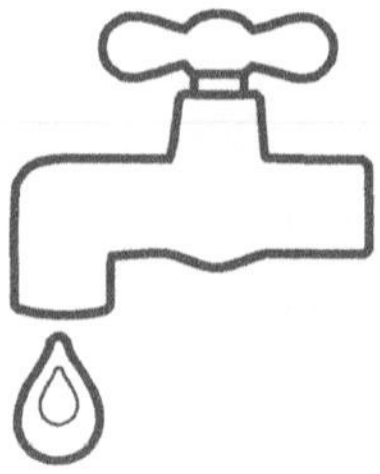

दिनांक :.....................



हस्ताक्षर :..........................

www.ingramcontent.com/pod-product-compliance
Lightning Source LLC
Chambersburg PA
CBHW061224240926
51846CB00006B/1341